Bibliographische Information der Deutschen Nationalbibliothek
Die Deutsche Nationalbibliothek verzeichnet diese Publikation in der Deutschen
Nationalbibliografie; detaillierte bibliographische Daten sind im Internet über
http://dnb.d-nb.de abrufbar.

Herstellung und Verlag: BoD - Books on Demand, Norderstedt

ISBN: 978-3-732-296-620

© Henrik Woelk 2014

Henrik Woelk
Das Lächeln der Unendlichen

Goldenes Blatt

Wem ich mir mich ist
Weiß nie einer keiner
Außer dem die Worte spricht:
Du als die wie eine
Beinah Hand von mir.

Der Weg der Wünsche

I. Der Raum Nummer 37

1. Tür

Das Gebäude betrat ich durch einen seitlichen Eingang. Da ich mich im weitläufigen Inneren nicht auskannte, klopfte ich an die Tür mit der Aufschrift „Anmeldung und Information". Ein leises Summen ertönte, die Tür gab meinem sanften Druck nach, und ich trat ein.

Hinter einer gläsernen Theke stand eine junge Frau in einem hellblauen Kostüm, das ihr den Anschein einer Stewardess verlieh. Sie strahlte mir entgegen, wartete mein Näherkommen ab und begrüßte mich freundlich: „Guten Tag, was kann ich für Sie tun?"

„Ich brauche eine Auskunft von Ihnen, wohin ich mich zu wenden habe, denn ich kenne mich hier nicht aus", antwortete ich wahrheitsgemäß.

„Gern", erwiderte sie lächelnd, „wenn Sie mir Ihren Namen sagen, kann ich Sie anmelden und nachschauen, in welchem Raum Sie erwartet werden." Ich zögerte, denn ich konnte meinen Namen nicht erinnern. Die Dame von der Anmeldung schien zu wissen, was in mir vorging und ermunterte mich: „Warum denken Sie sich nicht einfach einen Namen aus?"

„Stanislav Kalendro", sagte ich erleichtert, „ich heiße Stanislav Kalendro."

Sie rückte ihre Brille zurecht, lächelte mich an und sagte: „Was für einen schönen Namen Sie sich ausgedacht haben." Dann tippte sie etwas in die Tastatur eines Computers, wartete eine Veränderung auf dem Bildschirm ab und informierte mich: „Stanislav Kalendro. Hier habe ich Sie. Sie werden im Raum Nummer 37 erwartet. Es ist gleich nebenan. Gehen Sie einfach hinein, ich habe Sie bereits angemeldet."

„Vielen Dank, Sie arbeiten hier sehr zügig", erwiderte ich höflich, nickte ihr zu und klopfte an die Tür, auf die sie gezeigt hatte. Eine Stimme rief „Herein", und ich trat ein.

2. Tür

Die Tür fiel hinter mir zu. Der Raum schien menschenleer. Auf dem Schreibtisch dampfte es aus einem zurückgelassenen Becher. Viele Bücher standen rundherum in Regalen, und als ich ihnen mit meinem Blick in schwindelerregende Höhen folgte, sah ich sehr weit oben auf einer Leiter einen kleinen, grauhaarigen, gebeugten, alten Mann, der mir zukrächzte: „Ich komme gleich zu Ihnen." Es dauerte dann doch noch eine Weile, bis er unten angekommen war. Außer Atem hievte er sich auf seinen Schreibtischstuhl und lud mich ein zum Sitzen. Er blätterte eine Zeitlang in einem Buch, das er von oben mitgebracht hatte, notierte etwas daraus auf einem vergilbten Zettel, schlug es dann zu, wovon eine kleine Staubwolke entstand, die er mit der Hand zerwedelte. Dann lächelte er mich mit forschenden, glitzernden, kleinen faltigen Augen an: „Stanislav Kalendro, nicht wahr?"

„Genau, so habe ich mich genannt", antwortete ich ihm sehr ehrlich.

Er begann wieder in dem Buch zu blättern, sagte in abwesendem Tonfall „Gut, gut, gut", blickte dann zu mir und sagte: „Sie wissen, warum Sie hier sind?"

Ich zögerte mit der Antwort, denn ich war mir darüber keineswegs im Klaren. Er sah mich erwartungsvoll an, schob seinen Kopf zwei-, dreimal ruckartig ein kleines Stück vor, als wolle er etwas losrütteln, das auf meiner Zunge liegen könnte. Da ich stumm blieb, zog er die Augenbrauen hoch, zwinkerte mir aufmunternd zu, und etwas befremdet von seiner Mimik antwortete ich: „Nein, ich weiß nicht, weswegen ich hier bin. Ich hatte gehofft, dass Sie es mir sagen können."

Er öffnete seine Hände, hob sie mir entgegen und antwortete fröhlich: „Das kann ich in der Tat. Sie sind in einem...", an dieser Stelle zögerte er einen Moment, wiegte nachdenklich seinen Kopf, „... Traum. Nennen wir es einen Traum. Es ist nicht ganz das richtige Wort, aber es ist die Eigenart der Worte, nie ganz richtig zu sein. Dieser Traum ist nicht wie ein allnächtlicher Traum, aber zumindest kann ich Ihnen versichern, dass während wir hier sitzen, Ihr Körper anderswo ist und ganz regungslos."

„Aha", sagte ich etwas dumm und ein wenig beunruhigt. Er schien es zu merken und fügte in beschwichtigendem Ton hinzu: „Sie haben Glück, ein derartiger Traum ist schwer zu erreichen. Einige Male im Leben träumen Menschen auf diese Weise. Einige seltener, andere öfter, meist in Situationen, in denen eine gewisse…“, er sah mich einschätzend an und schien wieder nach dem richtigen Wort zu suchen, sagte schließlich zögernd „Verwirrung“ und wiederholte dann fester: „Diese Träume stellen sich bisweilen ein in Situationen, in denen eine gewisse Verwirrung herrscht. Dann kommen wir und helfen Ihnen, Ihr Leben neu zu arrangieren. Hier im Traum fassen wir die Wünsche an ihrer Substanz und bringen sie auf die Bahn, in der sie sich gut entwickeln können. Später wenn Sie wieder wach sind, in Ihrem alltäglichen Leben, in den nächsten Tagen, Wochen, Monaten, manchmal auch Jahren, bekommen Sie dann die Auswirkungen dessen zu spüren, was hier seinen Anstoß bekommen hat. Sie werden das nicht erinnern, denn aus dieser Art von Träumen ist das Erwachen ohne jede Erinnerung. Und dennoch ist dies der Ort, an dem alles im Leben entschieden wird. Die Voraussetzung dafür ist natürlich, dass Sie einen Wunsch haben, den Sie mir klar nennen können. Manchmal kommt jemand hierher, der seinen Wunsch nicht deutlich auszusprechen versteht, der nicht weiß, was er will. Das ist dann sehr bedauerlich, eine Verschwendung, denn dann können wir nicht viel tun, und der ganze Verwaltungsaufwand war umsonst.“ Er schaute mich fest an: „Ich hoffe, Sie sind vorbereitet. Stanislav Kalendro, nennen Sie mir jetzt Ihren Wunsch!“

Ohne jedes Nachdenken antwortete ich: „Ich wünsche mir ein glückliches Geschick in der Liebe.“

„Ein schöner Wunsch“, sagte er, „vielleicht etwas allgemein

formuliert. Sagen Sie mir mehr, nennen Sie mir einen Namen."

Ich sagte „Indra".

Er kniff die Augen zusammen und zog seinen Mund breit, als gefiele ihm nicht, was er gehört hatte. Er sah mich eine kleine Zeit lang so an, dann entspannten sich seine Züge, und er fragte mich mit einem, wie es mir schien, etwas resignierten Tonfall: „Muss es ausgerechnet die sein? Wissen Sie eigentlich, wie oft wir diesen Namen hier hören? Wollen Sie sich nicht einfach Reichtum, Gesundheit und viele begehrenswerte Frauen in schneller Folge wünschen? Das wäre für uns sehr viel einfacher."

„Nun, Reichtum interessiert mich nicht", sagte ich ihm entschlossen, „der Ausdruck 'glückliches Geschick' umfasst für mich auch Gesundheit, und was soll ich mit vielen Frauen, wenn ich dann doch nur immer die Eine vermisse?"

Er seufzte tief, kritzelte laut mitsprechend auf den Zettel vor sich „glückliches Geschick beinhaltet für ihn Gesundheit, Reichtum interessiert ihn nicht." Dann sah er mich an und sagte ermahnend: „Stellen Sie sich das nicht so einfach vor. Und ohne etwas Reichtum funktioniert das sowieso nicht, das sage ich Ihnen gleich." Er machte eine Pause, blickte in das offene Buch auf dem Schreibtisch, als erwarte er eine Antwort von dort, sah mich plötzlich an und fragte: „Habe ich Ihnen eigentlich schon einen Tee angeboten?"

„Danke, ich bin nicht durstig", lehnte ich ab. Er schien

etwas verstimmt, kratzte sich mit der linken Hand unter dem rechten Ohr, blätterte noch einmal in dem Buch, brummelte nachdenklich etwas vor sich hin, sah mich wieder an und sagte: „Ich kann Ihnen hier nicht weiter helfen. Bei Ihrem speziellen Wunsch müssen Sie sich an Raum Nummer 18 wenden." Er öffnete eine Bodenluke, die mir vorher nicht aufgefallen war. „Steigen Sie hier ein paar Stiegen hinab, dann folgen Sie dem Gang, und am Ende ist die Tür, gegen die Sie dreimal kräftig klopfen müssen. Und sehen Sie sich vor im Gang, wir haben dort ein paar Probleme mit der Elektrik, das Licht funktioniert nicht, stolpern Sie nicht."

Ich bedankte mich, er nickte mir aufmunternd zu, und als ich mich noch einmal umschaute, nachdem ich die ersten Stufen schon hinabgestiegen war, sah ich ihn wieder die Leiter an seinen Bücherregalen emporklettern.

Im Gang stieß mir ein unangenehmer, süßlicher Geruch entgegen, der vermischt war mit etwas Chemischem, das ich in meiner Unkenntnis für Amoniak hielt. Im wenigen Licht, das aus der noch geöffneten Luke in den Gang fiel, sah ich Dinge am Boden liegen, möglicherweise Abfalltüten, Berge von Mullbinden oder Reste von Baumaterial. Nach einigen Schritten war ich fast blind vor Dunkelheit, stolperte mühsam weiter, trat auf etwas Weiches, das sich unter meinen Füßen wie ein totes Tier anfühlte. Ich überlegte schon umzukehren, und um eine Lampe zu bitten, verwarf das aber wieder, denn es schien mir unanständig zu sein, dem alten Mann einen weiteren Abstieg von der Leiter zuzumuten. Außerdem schämte ich mich allein für den Gedanken, von etwas Dunkelheit aufgehalten worden zu sein. So machte ich stattdessen die Augen zu und ging mit beherzten Schritten zügig weiter, ohne noch zu versuchen, nicht auf das am Boden Liegende zu treten. Nach kaum mehr als fünf Metern prallte ich schmerzhaft gegen eine Tür. Ich klopfte dreimal, ein lautes „Herein" ertönte, und ich trat ein.

3. Tür

Im ersten Moment war ich geblendet von einer kühlen Neonbeleuchtung. Der Raum war leer bis auf einen Schreibtisch, auf dem ein Computer stand. Dahinter saß ein Mann im bunt karierten Jackett und grinste mich breit an: „Der Gang ist etwas unaufgeräumt, es sind einige Reste liegen geblieben, der Putzdienst kann dort nicht arbeiten, weil das Licht nicht funktioniert, und so kommt eins zum anderen. Aber jetzt haben Sie es ja geschafft. Setzen Sie sich doch, machen Sie es sich gemütlich", und er wies auf den ungepolsterten Stuhl, der seinem Schreibtisch gegenüber stand und redete gleich weiter: „Sie sind also Stanislav Kalendro. Und Sie wollen ein glückliches Geschick in der Liebe mit Indra?"

„Ja, so ist es", stimmte ich zu.

„Dann werden Sie sich wohl sehr weit hinten anstellen müssen", sagte er trocken. „So ungefähr auf Position 136. Zumal Reichtum Sie nicht interessiert, und ein glückliches Geschick in der Liebe aus Ihrer Sicht Gesundheit beinhaltet."

„Position 136!", stieß ich unangenehm überrascht hervor.

„Da kann ich ja ewig warten."

Er nickte, „das sehe ich auch so."

„Kann man denn da gar nichts machen, können Sie mir nicht helfen, ich denke, das ist der Sinn meines Besuches hier?"

Er kicherte listig. „Sicher kann ich Ihnen helfen. Als erstes mit einem guten Rat: Wünschen Sie sich eine andere. Seien Sie nicht dumm, vertrauen Sie mir, ich habe eine langjährige Erfahrung. Wir haben einige ganz Tolle, wenn es unbedingt sein muss auch welche, die sich nach dem Bild ihrer Wunschfrau operieren lassen würden, dann sehen sie fast genauso aus. Wir können es so arrangieren, dass Sie den Unterschied nicht bemerken. Und mit denen können Sie machen, was Sie wollen. Sagen Sie einfach nur ja, wir sorgen dann dafür, dass Sie sich glücklich verliebt fühlen."

Entrüstet wies ich seinen Vorschlag zurück: „Das wäre nicht dasselbe. Die Entscheidung ist schon früher gefallen, nicht erst in diesem Traum. Sie ist der Wunsch. Einen anderen Wunsch habe ich nicht. Wenn der Wunsch nicht erfüllt werden kann, lässt es sich eben nicht ändern."

„Lässt es sich eben nicht ändern, lässt es sich eben nicht ändern", äffte er mich nach, „jugendliche Engstirnigkeit, nichts weiter."

Ich sagte nichts. Als er merkte, dass ich nicht vorhatte, mich seiner Meinung anzuschließen, seufzte er routiniert: „Nun gut. Ein glückliches Geschick in der Liebe mit Indra. Nehmen Sie noch etwas Geld dazu, es muss ja nicht gleich Reichtum sein. Sagen wir 4000 Euro im Monat. Damit würden Sie auf Position 63 vorrücken. Selbstverständlich müssen Sie sich für das Geld etwas anstrengen, aber keine Sorge, wir können da ein wenig mithelfen." Er tippte etwas in die Tastatur vor sich, wartete eine Veränderung auf dem Bildschirm ab und entschied dann: „Glückliches Geschick in der Liebe beinhaltet nicht Gesundheit. Verzichten Sie auf diese Klausel. Ich kann es Ihnen einfach machen. Sagen wir, Sie sterben in sieben Jahren an einem Gehirntumor. Sie werden gar nicht merken, dass er da ist. Sie leben die Jahre und fühlen sich gesund, dann kippen Sie einfach um, und das war es. Das ist fast wie Gesundheit, eine Krankheit, die Sie niemals spüren werden. Und damit würden Sie mit einem Schlag auf Position vier vorrücken. Ein gewaltiger Sprung. Und Sie werden nur knapp fünf Jahre warten müssen. Die Nummer Eins stirbt an Leukämie, der Zweite hat sich für einen Herzinfarkt während der Liebesnacht mit ihr entschieden - ein sehr romantischer Herr, wenn Sie mich fragen -, und der Dritte bekommt sie einfach so, liebt sie aber nicht. Er will eigentlich eine andere, er bekommt sie als Ersatz, sie ist sehr viel besser, aber er ist zu beschränkt, es zu bemerken. Dann bekommt er schließlich doch die, die er ursprünglich wollte, und Sie haben endlich freie Bahn, dann sind Sie dran, für drei ganze Jahre. Allerdings: diesen Dritten wird sie nie vergessen. Sie wird ihn immer lieben. Aber keine Sorge, Sie merken es nicht, sie ist eine gute Schauspielerin. Sie wird Sie glauben lassen, Sie seien der einzige Mann für sie. Sie werden also den Tumor nicht spüren und sich von ihr geliebt fühlen. Was meinen Sie?"

Verärgert und angewiderte schaute ich ihn an: „Das soll ein glückliches Geschick sein?"

„Ich habe Ihnen doch gesagt, nehmen Sie sich eine andere", gab er spitz zurück.

Ich stand auf: „Nein, ich akzeptiere Ihren Vorschlag nicht. Ich will nichts davon wissen."

„Er akzeptiert es nicht, für wen hält der sich?", sprach der im bunten Jackett mehr für sich, summte bösartig, „akzeptiert es nicht, akzeptiert es nicht", und barsch zu mir: „Reklamationen Zimmer 19, die Tür hinter Ihnen." Dann begann er mit hartem Anschlag auf seine Tastatur zu tippen, und schenkte mir keine Beachtung mehr.

4. Tür

Hinter der Tür führten einige Stufen nach oben, die diesmal zu meiner Erleichterung erleuchtet waren. Sie führten mich in einen Raum, in dem ein dicklicher Mann behaglich in einem von zwei Cocktailsesseln saß. Er nickte mir zu und sagte verständnisvoll: „Sie sind verärgert, Sie sind enttäuscht. Und Sie haben Recht damit. Lassen Sie sich nicht alles bieten. Ich kann es geraderücken, ich bin die Reklamation. Bedienen Sie sich!", er wies auf eine Bar „und setzen Sie sich zu mir, ich schau mir die Sache noch einmal in Ruhe an."

Ich begnügte mich mit einem Glas Soda und setzte mich in den Sessel neben ihn. Etwas überrascht blickte er auf mein Glas: „Aber nehmen Sie doch was anderes, nehmen Sie sich, was Sie wollen! Die Bar ist sehr gut sortiert."

„Danke, ein Schluck Wasser genügt mir völlig."

Der dicke Mann seufzte. „Seien Sie doch nicht immer so schrecklich bescheiden. Davon haben Sie nichts und am Ende speist man Sie mit schäbigen Angeboten ab." Als ich keine Anstalten machte, mir etwas anderes zu nehmen, begann er mit einem Holzstäbchen die Eiswürfel in seinem Glas zu rühren und sprach, als läse er daraus: „Ein Gehirntumor ist wirklich etwas viel verlangt. Es würde zwar funktionieren, aber Sie haben Recht, eine schöne Lösung ist das nicht. Ich hätte auch nicht akzeptiert." Dann prostete er mir zu, trank einen Schluck und sah mich an, als überlege er, ob er mir ein Geheimnis anvertrauen könne: „Wissen Sie eigentlich, dass Sie schon einmal hier waren?" Bevor ich etwas sagen konnte, antwortete er selbst: „Natürlich wissen Sie es nicht. Das liegt in der Natur der Sache, denn alle Aufenthalte hier enden mit dem Vergessen. Wohlgemerkt: Ihrem Vergessen, nicht unserem Vergessen. Für Sie ist das Vergessen vorteilhaft, weil Sie dann die hier ausgehandelten Ereignisse neu erleben können. Ich aber kann mich noch gut erinnern. Die Frau, die Sie sich jetzt wünschen, war ursprünglich für Sie vorgesehen, Sie waren füreinander bestimmt. Wir hatten alles so schön arrangiert: eine gemeinsame Fahrt in den Himalaja als Auftakt, den Aufstieg in den Himmel und anschließenden Neuanfang symbolisierend, und eine fein und wohlwollend gestrickte Entwicklung von da an. Aber Sie waren derjenige, der abgelehnt hatte. Sie haben reklamiert, dass Sie eine andere haben wollen. Sie wollten damals nicht auf uns hören. Das ist auch der Grund, weswegen sie jetzt so schwer für Sie zu erreichen ist. Uns blieb damals nichts anderes übrig, als einen anderen an Ihrer Stelle in das Arrangement einzusetzen. Sie allein tragen die Verantwortung für Ihr jetziges Unglück. Alle unsere Versuche, Sie auf die Richtige zu lenken, haben Sie in den Wind geschlagen. Sie wollten unbedingt diese andere, die irgendwie Eindruck auf Sie gemacht hatte. Das Einzige, was sich zu Ihrer Entschuldigung sagen lässt, ist, dass Sie der Richtigen zum damaligen Zeitpunkt noch nicht begegnet waren. Doch kaum hatten Sie die entdeckt, wollten Sie sie doch - wie wir es Ihnen vorausgesagt haben. Warum haben Sie denn damals auch nicht auf uns gehört? Es handelt sich also hier und jetzt um die Reklamation einer früheren Reklamation." Er hob sein Glas prüfend gegen das Zimmerlicht und sagte: „Das ist Ihr gutes Recht, aber es ist schwierig, denn inzwischen sind einige andere in die Vorgänge verwickelt worden, und auch für die muss eine gerechte Auflösung der Situation gefunden werden. Wir werden sehen, was wir noch tun können."

Hier unterbrach er sich, nahm einen kleinen Schluck aus seinem Glas, sah mich gutmütig an und begann wieder in den Eiswürfeln zu rühren. Während er gesprochen hatte, meinte ich die früheren Vorgänge, von denen er erzählt hatte, sehr schwach zu erinnern, und ich glaubte ihm. Wortlos meine Erinnerung modellierend blickte ich in die aufsteigenden Blasen meiner Selters, bis er erneut das Wort ergriff: „Sie hat also inzwischen einen anderen bekommen. Sie sollte nicht leer ausgehen, nur weil Sie sie nicht wollten. Wir haben uns bemüht, jemanden zu finden, der unter den gegebenen Umständen ideal für sie war. Da wir aber durch das damalige Eingreifen einen vorgezeichneten Pfad verlassen haben, werden wir jetzt ziemlich einfallsreich sein müssen, um einen Weg zu konstruieren, der uns wieder auf diesen Pfad stoßen lässt. Einen besseren Weg als Gehirntumor und vorgespielte Liebe." Er schüttelte den Kopf und wiederholte: „Also wirklich, ich hätte das auch reklamiert."

In einem Zug leerte ich mein Glas: „Das bedeutet?" Etwas überrascht lächelnd sah er mich aus der Tiefe seines Sessels an: „Das bedeutet, wir suchen einen besseren Weg, können aber nicht garantieren, dass es uns gelingt. Der Grund dafür ist Ihre frühere Reklamation. Am Besten prüfen wir als erstes Ihre Einstellung zu ihr und potentiellen anderen Partnerinnen. Das mag Ihnen etwas umständlich erscheinen, aber es ist sicherer. Wir wollen vermeiden, dass Sie ein drittes Mal reklamieren und dann wieder eine andere wollen."

„Das wird nicht passieren", versicherte ich ihm.

„Ich glaube Ihnen", sagte er gönnerhaft, „aber um auch ganz sicher zu gehen, überprüfen wir es. Es geht auch gar nicht anders, es ist in diesem Fall zwingend vorgeschrieben. Aber Sie haben nichts zu befürchten, zumal Sie sich so sicher sind. Und schlimmstenfalls wird sich herausstellen, dass Sie eine andere wollen. Und was soll es? Dann bekommen Sie eben die. Sie haben also nichts zu verlieren und auch gar keine andere Wahl, reine Routine, zu Ihrem Besten. Geben Sie mir Ihr Glas und gehen Sie in Zimmer 20, die Tür links von Ihnen", und dabei deutete er mir mit einer Bewegung der Hand die Richtung.

Ich erhob mich aus dem Sessel und ging, um den Ablauf nicht unnötig zu verzögern, ohne weitere Fragen durch die Tür zu meiner Linken.

5. Tür

Der neue Raum war lang gezogen, strahlend weiß, und über die ganze Länge einer Wand waren Farbmonitore angebracht. Eine junge Frau mit braunem, schulterlangem Haar, einem sanften Ausdruck und einem Klemmblock unter dem Arm, die ebenfalls in weiß gekleidet war, empfing mich. Sie forderte mich freundlich auf, in einem gepolsterten Stuhl, der in der Höhe verstellbar war und auf dem sich hin- und herrollen ließ, vor der Monitorwand Platz zu nehmen. Sie selbst blieb stehen, so konnte sie leichter meinen Stuhl mit einer ziehenden Bewegung ihres Armes oder einem kleinen Tritt des Fußes vor der Monitorwand in die eine oder die andere Richtung bewegen, wodurch ich jeweils vor dem Bildschirm zu sitzen kam, an dem sie mir etwas zeigen wollte, oder zu dem sie etwas zu sagen hatte. Auf den Monitoren waren unterschiedliche Frauen in scheinbaren Alltagshandlungen zu sehen, und das Erstaunlichste war, dass diese Handlungen immer irgendwann zu einer Begegnung mit mir führten. Ergänzend zu diesen sichtbaren Handlungsabläufen gab die junge Frau mir Informationen über die Frauen, wobei ich den Eindruck hatte, dass sie stets bemüht war, sie in ein besonders günstiges Licht zu rücken. Insbesondere wies sie mich auf die Vorzüge hin, die mir eine Verbindung mit dieser oder jener bringen würde. Und nach jeder einzelnen wurde ich gefragt, ob diese nicht die Richtige für mich sei, und es genügte nicht ein einfaches „nein" von meiner Seite, immer hatte ich es auch zu begründen und musste belegen, dass ich mir vollkommen sicher damit war.

Jede Frau hatte unleugbare Vorzüge, meistens mehrere. Da war zum Beispiel die Fähigkeit, mich aufrichtig und intensiv zu lieben, treu und ehrlich zu sein, günstige Impulse für meine innere und äußere Entwicklung setzen zu können, besonders wohlgeratene Kinder mit mir zu haben, ein außergewöhnliches Einfühlungsvermögen, eine gleichermaßen weitreichende und sanfte Phantasie, große Harmonie oder seltene Schönheit zu besitzen. Es gab welche, die mich allein durch ihre Anwesenheit vor Krankheiten und Unheil, in einem Fall sogar vor dem Tod, schützen konnten. Jede, die mir gezeigt wurde, gefiel mir sehr. Doch im eigenem Interesse um Aufrichtigkeit bemüht, musste ich am Ende immer sagen: „Trotzdem ist sie nicht die Richtige", denn jedes mal gab es etwas, meistens nur eine Kleinigkeit, das mich abschreckte.

Die ganze Zeit ging die junge Frau in der weißen Kleidung neben meinem Stuhl her, notierte meine Antworten, seufzte und begann, die Nächste anzupreisen. Am Schwierigsten war es, dass sie es auch nicht ausließ, mich in einigen Fällen darauf hinzuweisen, welch ungünstige Entwicklung für die ein oder andere Frau durch meine Ablehnung eingeleitet wurde. Für einige führte das durch eine Reihe unglückseliger Verkettungen, an denen man mir nicht wirklich die Schuld geben konnte, sogar zu einem schlechten Tod. Einmal unterbrach ich sie: „Sagen Sie, was soll das? Es ist doch völlig ausgeschlossen, dass ich es allen Recht mache! Habe ich denn die Verantwortung für all das, was passieren wird?"

Sie ließ den Schreibblock sinken, zog ihren Mund von rechts nach links und zurück und sagte: „Sie haben die Verantwortung für Ihr Handeln und auch für die Folgen, soweit Sie diese vorauszusehen vermögen. Gewöhnlich weiß der Mensch nicht, was sich aus seinem Tun ergibt. Aber hier und jetzt und in Anbetracht dessen, dass ich Ihnen die Folgen der möglichen Entscheidungen vor Augen führe, wägen Sie ab mit der vollen Verantwortung."

Ich nickte verdrossen und wandte mich wieder den Bildschirmen zu. Nachdem wir uns einige weitere Möglichkeiten angeschaut hatten, sagte ich ernst und bestimmt: „Ich glaube an die Liebe, an die schicksalsgegebene Begegnung und daran, dass es falsch ist, sich ihr aus rationalem Kalkül zu entziehen. Ich kann keine auch noch so günstige Wahl treffen, wenn ich diejenige nicht liebe, selbst nicht, um irgendein persönliches Unheil damit abzuwenden. Ich glaube sogar, dass eine derartige Entscheidung nur noch mehr Übel nach sich zöge. Ich bin überzeugt, dass nur bei einer Liebesverbindung die günstigsten Entwicklungen für alle Beteiligten entstehen können, Impulse, die sich auch vorteilhaft auf die Umgebung auswirken. Es tut mir leid, keine der Frauen, die sie mir hier zeigen, kommt für mich in Frage, denn ich liebe eine andere."

Die Frau lächelte, machte einen Strich auf ihrem Block und schaltete die Monitore mit einer Fernbedienung, die sie aus der Tasche ihres Kittels zog, aus. Dann sagte sie: „Nun gut, sie haben den Test bestanden. Und es mag sie beruhigen, dass die meisten Frauen, die wir Ihnen gezeigt haben, nicht wirklich existieren. Sie haben Recht, wenn Sie auf die Liebe vertrauen, und eine Liebe, die bedingungslos ist und frei von Forderungen, ist ein Segen für die Umgebung." Dann hielt sie inne und legte sich ihre Hand nachdenklich in den Nacken, um dann zögerlich hinzuzufügen: „Allerdings muss ich Ihnen sagen, dass die Frau, die sie sich wünschen, nicht an die Liebe glaubt. Darum dachte ich, eine andere könnte günstiger für Sie sein, selbst wenn Sie die nicht so sehr zu lieben vermögen."

Ich sah sie verstimmt von dem gepolsterten, dreh- und rollbaren Schreibtischstuhl aus an, es missfiel mir, dass sich jemand anmaßte, Indra zu beurteilen. Sie sah es und quälte sich ein verständnisvolles Lächeln ab: „In Raum 22 wird man es Ihnen besser erklären können. Wenn sie bitte hier durchgehen!"

6. Tür

Ich fand mich in einem grau gestrichenen Raum mit vergittertem Fenster wieder, das von einer dunklen Jalousie verschlossen war, und das, wenn es geöffnet wäre, vielleicht nur den Blick in einen weiteren Raum freigeben würde. An einem Tisch aus Stahl oder Blech saß eine ältere, kräftige Frau, die in ihrem Gesicht einen Ausdruck von Bestimmtheit hatte. Wie die jüngere Frau im vorherigen Raum, trug auch sie einen weißen Kittel.

Ohne Umschweife sagte sie mir: „Stellen Sie es sich nicht als so ein Vergnügen vor, in ihrer Nähe zu leben. Sie ist auf ihre Art äußerst schwierig. Zudem gibt es eine medizinische Vorgeschichte, die wiederum eine Vorgeschichte hat, von der noch nicht einmal sie selbst etwas weiß, was das Ganze nur noch komplizierter macht."

Etwas gereizt - aber doch neugierig - fragte ich: „Was soll das bedeuten?"

Sie sah mich fest an und sagte: „Das bedeutet, dass sie nicht auf die Art liebt, wie Sie es tun. Sie kann nicht so lieben. Sie liebt anders, es ist schwieriger, ihre Liebe zu spüren, Sie müssen es erst lernen. Wenn es zwischen Ihnen funktionieren soll, werden Sie ein Gespür dafür entwickeln müssen. Sie werden sich den Geist verfeinern müssen. Abgesehen davon macht sie sich nicht besonders viel aus überwiegend körperlichen Erlebnissen."

Ich sagte ehrlich: „Für mich klingt das nicht nach einem Nachteil."

Die Frau fuhr unbeirrt fort: „Stellen Sie es sich nicht so einfach vor. Sie hat ihre Phasen. Manchmal länger, manchmal kürzer. Sie werden sie manchmal nicht wiedererkennen. Sie werden glauben, sie sei eine andere. Sie wird nichts mit Ihnen zu tun haben wollen. Sie wird untröstlich sein und auch nicht getröstet werden wollen. Sie kann sehr hart sein. Sie kann sehr kalt sein."

Ich unterbrach sie: „Wissen sie was, ich will das gar nicht wissen. Ich will das selbst erleben. Dann werden wir ja sehen. Und wer sagt Ihnen überhaupt, dass ich sie mir einfach und unkompliziert wünsche? Vielleicht ist nichts von dem verkehrt für mich. Vielleicht ist sie gerade, weil sie schwierig ist, die Richtige für mich."

Ihre Augen musterten mich verborgen von ihrem lächelnden Mund. Sie lehnte sich zurück und fällte ihr Urteil über mich: „Sie sind selbst sehr schwierig. Es ist schwer, mit Ihnen auszukommen. Auf den ersten Blick denkt man es gar nicht, aber Sie sind ihr sehr ähnlich." Sie schüttelte missmutig den Kopf und fügte hinzu: „Mag sein, dass es gerade deswegen funktioniert, vielleicht sind sich ausgerechnet diese beiden kompliziert geschnittenen Puzzleteilchen, die mit kaum etwas kompatibel sind, gegenseitig die Ergänzung. Ich habe jedenfalls meinen Teil getan und Ihnen gesagt, was ich Ihnen zu sagen hatte. Mag sein, es sind dies gerade die Art Schwierigkeiten, die Ihnen gefallen, und deswegen sind es für Sie keine Schwierigkeiten. Aber falls es nicht so ist: Ich habe Sie gewarnt. Ich meine, es ließe sich einfacher leben. Aber das ist Ihre Sache, Sie können gehen, es steht Ihnen frei, welche der drei Türen Sie nehmen." Mit einem Zucken des Kopfes wies sie auf drei Türen in ihrem Rücken.

Angesichts der ungewohnten Entscheidungsfreiheit zögerte ich. „Führen alle drei Türen ins Freie?"

„Nein", antwortete sie streng und verließ den Raum durch eine Tür, die sie hinter sich verschloss.

An den Türen standen unterschiedliche Ziffern. Nach kurzem Zögern ging ich durch die, an der die Zahl 24 stand.

7. Tür

Ein Mann in einem leichten, hellgrauen Anzug stand mit dem Rücken zu mir und schaute aus dem Fenster ins Freie, beobachtete goldenes Laub, das von den Bäumen fiel. Anscheinend hatte er mein leises Eintreten bemerkt, denn ohne sich umzudrehen, fing er an, wie in Gedanken mit sich selbst zu sprechen: „Sie stellen sich das alles so einfach vor. Sie kommen hierher, nennen Ihren Wunsch, wir klatschen dreimal in die Hände, und schon ist es geschehen. Zugegeben, manchmal geht es so. Doch nicht in diesem Fall. Sie müssen mithelfen, Sie müssen sich klug verhalten. Schließlich wollten Sie erst nicht und haben alle Schwierigkeiten damit überhaupt erst angezettelt. Aber es freut mich, dass Sie doch noch zur Einsicht gekommen sind. Also lassen Sie es uns zu einem sauberen Abschluss führen."

„Nur zu gern", antwortete ich im Raum stehend.

„Sie haben Glück. Sie besitzen die meisten, wenn auch nicht alle der Eigenschaften, welche die von Ihnen genannte Frau sich bei einem Mann wünscht. Das ist auch der Grund, weswegen wir Sie früher schon ausgewählt hatten. Sie lehnten zwar ab, weil Sie die Frau noch nicht kannten, waren aber klug genug, von da an einige störende Gewohnheiten aufzugeben und eine andere, passendere Einstellung anzunehmen, um sich eine Möglichkeit offen zu halten. Das kommt Ihnen jetzt zugute, aber Sie müssen ein klein wenig Geduld haben, Sie müssen ihr die Gelegenheit geben, sich die nötige Rahmensituation zu schaffen. Das bedeutet in erster Linie, dass ein wichtiger Prozess, auf den Sie keinen Einfluss haben, sich im Leben dieser Frau erst bis zu einem gewissen Grad vollziehen muss, ein Prozess der sich in entscheidenden Schritten ihrer Berufsausbildung spiegeln wird. Auf gar keinen Fall dürfen Sie in dieser Zeit eingreifen. Ich rate Ihnen: Suchen Sie sich eine bequeme Position, strecken Sie sich behaglich aus, und warten Sie einfach ab. Das Meiste, was Sie tun können, haben Sie bereits getan. Es ist Ihnen vielleicht nicht mehr bewusst, aber bei einem früheren Treffen haben wir Ihre eigene Entwicklung bereits in die richtige Bahn gelenkt. Was heute hier stattgefunden hat, und Ihnen vielleicht bedeutend erscheint, ist nicht viel mehr, als eine kleine Korrektur dicht unter der Oberfläche. Jetzt ist für Sie die Zeit des Nicht-Handelns gekommen. Ich weiß, gerade dies ist schwer für Sie. Kehren Sie zurück, und kümmern Sie sich nur um den kleinen Radius, der Sie umgibt. Alles, was weiter als zehn Meter von Ihnen entfernt ist, hat Sie im Moment nicht zu interessieren. Auf dem Schreibtisch liegt eine Liste, die ich Ihnen vorbereitet habe, kleine Vorschläge zu Ihrer Beschäftigung.‟

Ich ging die zwei Schritte zum Schreibtisch und nahm mir das einzige Papier von dort, überflog es kurz und musste irritiert nachfragen: „Dies ist die Liste? Da stehen Dinge drauf wie 'Wasche häufiger ab', 'Werfe alles Überflüssige fort und streiche einen Raum deiner Wohnung neu', 'Mache regelmäßig Sport', 'Verbessere deine Aussprache'."

Der Mann am Fenster wandte mir noch immer den Rücken zu, und ich war mir sicher, dass er still in sich hineinlachte als er antwortete: „Ja, das ist die richtige Liste. Seien Sie froh, bei anderen schreibe ich Sachen wie 'Durchquere das Große Wasser'. Sie sind im Moment gut positioniert, wir müssen versuchen, Sie bis zum entscheidenden Zeitpunkt dort zu halten. Davon abgesehen, unterschätzen Sie nicht die kleinen Dinge, auch die können große Auswirkungen hervorbringen oder dazu führen, dass etwas anderes nicht stattfindet. Etwas nicht stattfinden zu lassen, ist häufig schwieriger, als Großes zu bewirken. Seien Sie froh, nehmen Sie die Liste, beschäftigen Sie sich damit, Ihr Zuhause aufzuräumen, und warten Sie einfach ab!"

„Können Sie mir sagen, wie lange ich warten muss?", fragte ich ihn.

„Das könnte ich, aber ich möchte nicht, denn auf ein überraschendes Ereignis wartet es sich ganz anders, als auf einen bestimmten Zeitpunkt. Aber ich kann Ihnen versichern, es ist absehbar."

„Und dann?", fragte ich erfreut und neugierig.

„Dann geht alles ganz schnell. Sobald sich bei ihr der

entscheidende Schritt vollzogen hat, wird sie alles anders bewerten, es ist, als würde ihr eine Binde von den Augen genommen, als würde sie von alten Fesseln befreit werden. Dann ist es ihr egal, was andere sagen, dann hält sie nichts mehr auf, dann kommt sie sofort."

„Wie wird es sein, wie begegnen wir uns wieder?", fragte ich begeistert weiter.

„Ich würde es Ihnen nicht verraten, wenn ich nicht wüsste, dass Sie es gleich wieder vergessen", antwortete er und wandte sich endlich zu mir um. Er hatte ein junges Gesicht, und ich konnte sehen, dass es ihm Freude bereitete, mir etwas Gutes sagen zu können: „Eines Tages werden Sie um eine Häuserecke gehen und mit ihr zusammenstoßen."

„Wir werden zusammenstoßen? Und was passiert dann?"

Der Mann im grauen Anzug sah mich belustigt an und schüttelte den Kopf: „Was wollen Sie denn noch alles wissen? Fast könnte man meinen, ich rede mit einem kleinen Jungen. Sie stoßen zusammen, und dann ergibt sich eins aus dem anderen. Alles wird gut, sie werden und bleiben ein glückliches Paar."

Angesichts meines so plötzlich erfüllten Wunsches standen mir die Tränen in den Augen, und ich murmelte: „Danke, das ist wirklich sehr nett von Ihnen."

Er erwiderte aufrichtig: „Das haben wir doch gern gemacht" und reichte mir ein Kärtchen mit den Worten: „Ich gebe Ihnen meine Nummer mit." Dann brachte er mich zur Tür, öffnete sie, sie ging ins Freie, wir schüttelten uns still lächelnd die Hände, umarmten uns für einen Moment, und ich verließ das Gebäude in eine reine, herbstliche Luft, überglücklich.

Als ich am nächsten Tag sehr spät aufwachte, fand ich neben meinem Bett eine kleine Karte auf der stand: '37 multipliziert mit 24'.

II. Zahlengebäude

1. Die Vorhalle

Sie stieg die breite Außentreppe empor, schenkte den hohen steinernen Säulen rechts und links für einige Sekunden ihre Beachtung, verglich ihren Eindruck mit der Architektur des Daches, registrierte mit einem Nebengedanken, dass der Baustil sich nicht eindeutig zuordnen ließ und doch von ausgesprochener Harmonie war, verschwendete keine weitere Überlegung darauf und betrat das Gebäude entschlossen durch die weit geöffneten Flügel des Haupttors. Am Hall ihrer Schritte in der hohen, schlecht beleuchteten Eingangshalle erkannte sie Wände aus glatt geschliffenem Stein, die vermutlich aus dem gleichen Material waren wie der Fußboden. Sie blieb kurz stehen, um sich zu orientieren. In diesem Moment löste sich aus der Tiefe des Raumes ein Mann und kam ihr entgegen. Seine Kleidung, die Art sich zu bewegen, seine zuvorkommende Miene oder auch nur der mehrarmige Kerzenleuchter in seiner Hand, ließen sie unwillkürlich an einen Diener mit guter Reputation denken. Er verbeugte sich leicht und fragte: „Benedicta Merchant, nehme ich an?" Sie zögerte, weil sie überrascht mehrere Dinge gleichzeitig feststellte: zum einen konnte sie ihren Namen nicht erinnern, zum anderen wusste sie nicht, von welchem Ausgangsort sie so zielstrebig hierher gekommen war, und obwohl der eben ausgesprochene Name nach ihrer schwachen Erinnerung nicht ihrer war, gefiel er ihr, sogar sehr. Noch bevor sie sich zu einer Antwort durchringen konnte, sagte der Mann: „Wir werden Sie so nennen, denn ich glaube, der Name gefällt Ihnen. Wenn Sie mir bitte folgen wollen, Sie werden bereits erwartet." Da es ihr nicht wichtig schien, etwas zu sagen, und die Tatsache, dass sie erwartet wurde, ihrem Weg einen Sinn gab, folgte sie ihm bis zu einer Tür über die in römischen Ziffern '37' in den Stein gemeißelt war. Er öffnete ihr, ließ sie eintreten und zog die Tür von außen leise wieder zu.

2. Der Raum Nummer 37

Der Boden war mit feinem, hellem Sand bedeckt, eine Menge tropischer Pflanzen wuchsen in dem Raum, und ein fröhliches Zwitschern und Flattern bunter Vögel war in der Luft. Verwundert sah Benedicta sich um. Der Raum war so sehr lichtdurchflutet, dass es ihr fast vorkam, als stünde sie in einem Garten im Freien. Erfreut sah sie einige Minuten den kleinen Papageien zu, bis sie in einem Korbstuhl hinter einem Palmengewächs eine alte Frau mit langen grauen Haaren vor sich hin dösen sah. Die junge Frau erinnerte sich, dass sie mit einer Absicht hierher gekommen war und rief zaghaft „Hallo".

Die Grauhaarige schlug die Augen auf, lächelte ihr zu und sagte, als spräche sie mit ihrer kleinen Enkelin: „Benedicta, wie schön, dass du gekommen bist. Komm her, setz dich zu mir."

Benedicta zog sich die Schuhe aus und ging barfuß wie durch Dünen an Gewächsen vorbei zu der alten Frau, stellte die Schuhe ab und setzte sich mit geradem Rücken, leicht vorgestreckten Schultern und zwischen den Knien gefalteten Händen in den Korbstuhl ihr gegenüber. Sie spürte, wie der Blick der Alten gutmütig auf ihr ruhte, dann beugte diese sich vor, legte ihre Hände in Benedictas Hände und sagte: „Nenne mir jetzt deinen Wunsch!"

Die junge Frau war auf die Frage vorbereitet und antwortete: „Ich möchte schön sein, Erfolg und Anerkennung in meiner Arbeit haben und einen guten Mann."

Die alte Frau lachte vergnügt. „Das sind drei Wünsche, ich habe dich nur nach einem gefragt." Sie sah Benedictas irritierten Gesichtsausdruck und fuhr heiter fort: „Jedoch, schön bist du schon und bleibst du auch, da müssen wir gar nichts tun. Die Anerkennung in deiner Arbeit erreichst du aus eigener Kraft, denn du bist klug und diszipliniert. Natürlich geht das nicht ohne Anstrengung, aber es lohnt sich nicht, deinen Wunsch darauf zu verschwenden. Was bleibt, ist der 'gute Mann'. Da kann ich vielleicht etwas für dich tun. Sag mir mehr, wie soll er sein?"

Benedicta schwieg verlegen, denn auf diese Frage war sie nicht vorbereitet, und sie vermochte diesen Teil ihres Wunsches nicht deutlich zu formulieren. Wieder lachte die alte Frau, ließ ihre Hände los, stand auf, ging zu einer nahen Pflanze, von der sie eine kleine Frucht pflückte, während sie mit einem Papageien scherzte, der ihr Tun von einem Zweig aus neugierig beobachtete. Dann setzte sie sich wieder und gab der jungen Frau die Frucht. „Iss das! Es wird dir schmecken und dir helfen, deinen

Wunsch zu formulieren."

Benedicta vertraute der alten Frau, und sie aß die kleine Frucht, die nicht größer als eine Walnuss war, mit sehr kleinen, vorsichtigen Bissen. Kaum hatte sie alles heruntergeschluckt, begann sie zu reden und fühlte sich selbst als Zuhörerin dabei: „Ich bin schon einem flüchtig begegnet, so sollte er sein. Und groß soll er auch noch sein, blaue Augen muss er haben, erfolgreich, wohlhabend und beliebt sollte er sein, ein Ritter auf einem weißen Pferd, der mich mit sich nimmt, der rücksichtsvoll und einfühlsam ist, sehr sensibel muss er sein, stark, mutig und romantisch wünsche ich ihn mir, gut gebaut und sportlich, ein Künstler, am Besten von einem Theater, der mich über alles liebt und immer treu bleibt, dem ich die Muse bin und um den mich alle beneiden, der unkonventionell ist, den meine Eltern mögen und der liebevoll mit unseren Kindern ist und viel Zeit für sie hat."
Der Redefluss riss ab. Benedicta schwieg überrascht von ihren eigenen Worten.

Die Alte ergriff wieder ihre Hände und sah sie an, diesmal ernst: „Benedicta, das geht nicht, diesen Wunsch kann ich dir nicht erfüllen, denn es gibt auf der ganzen Welt keinen Mann, der all diese Eigenschaften in sich vereint. Und außerdem hast du das Wichtigste, das einen guten Mann ausmacht, vergessen."

Benedicta löste ihre Hände aus denen der Alten, zog ihre Schultern zurück und sagte trotzig: „Ich will es aber. Ich bin hier, um mir meinen Wunsch erfüllen zu lassen. Ich habe nicht diesen schwierigen Weg auf mich genommen, um dann vertröstet zu werden."

Die alte Frau hatte sich in ihrem Korbstuhl zurückgelehnt und beobachtete Benedicta nachdenklich. Dann begann sie, mit einem Papageien zu spielen, der auf ihrer Schulter gelandet war und ihr am Ohr zupfte. Sie schien Benedicta keine Beachtung mehr zu schenken, aber schließlich sagte sie kühl: „In Raum Nummer 18 ist jemand, der dir deinen Wunsch erfüllen kann. Hinter der Tür dort hinten beginnt ein abschüssiger Gang. Folge ihm und klopfe dreimal an die Tür an seinem Ende."

Von der plötzlichen Missachtung verärgert stand Benedicta auf und entfernte sich in Richtung der Tür, auf welche die Alte gewiesen hatte. Sie hatte sie beinah erreicht, als die Grauhaarige ihr besorgt hinterher rief: „Vergiss nicht deine Schuhe! Du darfst auf gar keinen Fall ohne Schuhe an den Füßen dort hingehen!"

Sie hatte in der plötzlichen Eile ihre Schuhe neben dem Korbstuhl vergessen. Nun ging sie noch einmal zurück und nutzte die Gelegenheit, ihrer Gesprächspartnerin einen versöhnlichen Blick zuzuwerfen.

Die sah das und erwiderte es mit einer milden Ermahnung: „Sei vorsichtig Benedicta. Der Mann in diesem Raum tut nichts ohne Gegenleistung."

„Kann er mir meinen Wunsch erfüllen?"

„Ja, das kann er", seufzte die alte Frau, „er ist der einzige in diesem Gebäude, der dir diesen Wunsch erfüllen wird."

„Dann werde ich hingehen", sagte Benedicta, ging bis zur Tür, zog ihre Schuhe wieder an und verließ den Raum.

3. Der Raum Nummer 18

Der Gang fiel steil ab, war schlecht erleuchtet und erfüllt von einem süßlichen Geruch fortschreitender Verwesung. Auf dem Boden lagen weiche Klumpen. Als ihre Augen sich ein wenig an die Dunkelheit gewöhnt hatten, erkannte sie abgetrennte Gliedmaßen. Benedicta erschrak, fasste sich wieder und bemühte sich, nicht darauf zu treten. Die Wände waren aus großen Steinen zusammengesetzt, feucht und moosbewachsen. Nach einigen hundert Metern endete der Gang an einer schweren, eisenbeschlagenen Holztür. Sie klopfte zaghaft dagegen und war schon sicher, nicht gehört worden zu sein, als von innen eine freundliche Stimme „Herein" rief. Sie drückte mit aller Kraft die schwere Tür auf. Der gleiche Geruch wie schon im Gang hing in dem Raum. Auf dem Boden lagen erschöpfte Leiber, die kaum zerstückelt waren. Die jeweils fehlenden Hände oder Füße lagen nur wenig entfernt. Hier war es etwas heller, das Licht kam von einer kleinen Lampe, die an einem plumpen Schreibtisch befestigt war. Davor stand ein Mann, der ganz in weiße Tücher gehüllt eine Eleganz ausstrahlte, die ihm im Kontrast mit der Umgebung die Aura des Geheimnisvollen verlieh. Er begrüßte sie mit warmer, einnehmender Stimme: „Benedicta Merchant, nehme ich an?"

„Ja, die bin ich", antwortete sie schüchtern.

„Wie schön, dass Sie zu mir gekommen sind und sich nicht von Gerede haben abhalten lassen."

Seine Stimme verlieh ihr etwas Halt zwischen den verstörenden Umständen des Raumes, und sie traute sich zu fragen: „Was ist mit den Verletzten am Boden? Müssen die nicht dringend versorgt werden?"

Er lachte ein warmes Lachen zwischen strahlend weißen Zähnen und erklärte dann: „Es ist mit denen nicht, wie es scheint, die sind bereits versorgt, sehr gut versorgt sogar, Frau Merchant, bei mir geht keine Hand, kein Fuß und auch sonst nichts verloren. Schauen Sie sich ruhig genauer um!"

Sie sah überrascht, wie einer seine Hand vom Boden aufhob, sie sich wieder anfügte und den Raum verließ. „Wie kann das sein?", fragte sie erstaunt.

„Hier fehlen denen Körperteile für eine gewisse Zeit, woanders sind sie dafür sehr erfolgreich, und dann wechseln die immer wieder zwischen hier und dort. Was ist schon dabei? Es mag Ihnen jetzt noch etwas undurchsichtig und beunruhigend erscheinen, aber mit der Zeit werden sie feststellen, Frau Merchant, dass gerade wir beide gut zusammenarbeiten können. Wissen Sie eigentlich, dass Sie eine außergewöhnlich schöne Frau sind?"

„Danke", sagte sie verlegen und senkte den Blick.

Er lächelte ihr zu. „Kommen Sie mit in den Nebenraum, dort ist es etwas freundlicher, wir wollen uns da um die Erfüllung Ihres Wunsches kümmern." Er führte sie in ein angeschlossenes Séparée mit einem kleinen Sofa und einem weiteren Schreibtisch, auf dem ein einziges Papier lag. „Machen wir es kurz, ich werde Ihnen Ihren Wunsch erfüllen, ich bin bereits informiert. Sie wollen Schönheit, Erfolg und einen Mann. Einen Mann, der groß ist und blaue Augen hat, einer der wohlhabend ist und beliebt, einen Ritter auf einem weißen Pferd, einen Bühnenkünstler, einen der treu ist und so weiter. Ich habe das alles schon aufschreiben lassen und einen Vertrag vorbereitet." Er nahm das Papier vom Schreibtisch und gab es ihr: „Lesen Sie es sich in Ruhe durch."

Sie überflog die Zeilen, fand dort ihren Wunsch wieder und davor den Satz: „Ich werde Benedicta Merchant folgenden Wunsch erfüllen:" Am Ende stand der Zusatz: „Darüber hinaus werde ich sie noch schöner machen, als sie schon ist und ihren zukünftigen Erfolg vergrößern." Es fehlten nur noch die Unterschriften. „Der Vertrag scheint in Ordnung zu sein, er ist mehr als großzügig", sagte sie nachdenklich. Ihr fielen die mahnenden Worte der alten Frau wieder ein, und sie fragte: „Was ist denn der Preis für die Erfüllung meines Wunsches, davon steht gar nichts im Vertrag."

Der Mann trat vor sie, sah ihr tief in die Augen und sagte mit weicher, suggestiver Stimme: „Der Preis wird hier und jetzt gezahlt. Der Vertrag erhält seine Gültigkeit, sobald wir beide unterschrieben haben. Sie unterschreiben jetzt. Dann ziehen Sie sich aus, wir löschen das Licht, und ich nehme mir eine Stunde lang von Ihnen, was ich will. Ich versichere Ihnen, Ihr Körper bleibt davon unversehrt. Danach unterschreibe ich."

Benedicta stockte der Atem, sie errötete. „Das kann ich nicht tun."

„Dann vergessen Sie Ihren Wunsch und ich vernichte den Vertrag", erwiderte der Mann im weißen Gewand kühl.

Sie schloss die Augen, alles drehte sich ihr. Ihre stockende Stimme schien kaum ihr zu gehören: „Meine Schuhe werde ich aber nicht ausziehen."

„Deine Schuhe kannst du ruhig anbehalten." Dann löschte er das Licht.

Eine Stunde später verließ sie wie besinnungslos den Raum mit dem Vertrag in der Hand.

4. Der Raum Nummer 13

„Sie hat unterschrieben, sie hat unterschrieben", raunte es von den Wänden. Ein kleines Mädchen kam ihr entgegen gelaufen und fragte: „Hast du unterschrieben?"

„Ja, ich glaube", sagte Benedicta schwach und schaute auf das Papier. Da stand in rot und von ihrer Hand geschrieben 'Benedicta Merchant' und daneben in einer anderen Schrift '37 mal 18'. „Das soll seine Unterschrift sein? Er hat nicht unterschrieben, er hat mich betrogen", schluchzte sie verzweifelt.

Das kleine Mädchen warf einen kurzen Blick darauf: „Doch, das ist seine Unterschrift. Ihr beide habt den Vertrag unterschrieben. Das ist schlecht. Komm mit mir."

Sie nahm Benedicta an die Hand, und erst jetzt sah die, dass sie sich in einem riesigen Baderaum befanden, in dessen Marmorfußboden verschiedene Becken und Wannen eingelassen waren, aus denen es dampfte und der Geruch von Kräutern aufstieg. Die Kleine führte sie bis zu einer Wanne und forderte sie auf, hinein zu steigen. Dann verließ das Mädchen den Raum, und eine blonde junge Frau in einem ähnlichen Alter wie Benedicta kam, setzte sich an den Wannenrand und begann, sie wortlos mit Bürsten und Schwämmen abzuseifen. Benedicta schloss die Augen und ließ die Prozedur über sich ergehen. Als sie glaubte, fertig gewaschen zu sein, wurde sie in das nächste Becken geführt und mit anderen Kräuterextrakten erneut gewaschen. Dieser Vorgang wiederholte sich wieder und wieder. Irgendwann sah Benedicta, dass auf der Schulter der blonden Frau ein kleiner, bunter Papagei saß, und sie lächelte matt.

Die andere sah es, legte die Schwämme beiseite und stellte fest: „Du bist jetzt wieder sauber. Aber du hast den Vertrag unterschrieben, und er hat dir etwas genommen. Beides ist nicht wieder rückgängig zu machen."

„Aber ich will den Vertrag gar nicht wieder rückgängig machen", widersprach Benedicta, „zur Erfüllung dieses Wunsches bin ich doch hierher gekommen."

Die Blonde warf ihr einen ernsten Blick zu. „Der Vertrag garantiert dir einen großen Mann mit blauen Augen, der erfolgreich ist, danach einen anderen, der Bühnenkünstler ist, dann wieder einen anderen und so weiter. Wir haben dir vorher gesagt, dass es keinen gibt, auf den alle Eigenschaften zutreffen. Davon abgesehen hast du bei der Formulierung deines Wunsches auch nicht bedacht, was einen guten Mann ausmacht. Keiner von denen, die dir vertraglich der Reihe nach zugestanden worden sind, hat das Entscheidende."

„Was ist es denn, was macht einen guten Mann aus?", fragte Benedicta verwirrt.

„Es ist nicht eine Eigenschaft, die er besitzt, sondern

etwas, das von dir ausgeht. Ein guter Mann für dich ist der, den du liebst. Alles andere wird passend von da aus und dadurch. Und da liegt der Haken des Vertrages: Keinen der Männer, die dort genannt sind, wirst du lieben. Sie werden zwar bereit sein, alles, was sie können, für dich zu tun, und das wird dir vielleicht sogar schmeicheln, aber mehr auch nicht. Sie lassen dich alle kalt."

„Dann bin ich also doch betrogen worden", sagte Benedicta bitter. „Was hat er denn mit mir gemacht, was habe ich dafür gegeben? Ich kann mich an nichts mehr erinnern."

Die andere Frau plätscherte mit ihrer Hand im warmen Wasser und sagte leise: „Er hat dir dein Herz genommen und dein Gefühl. Damit hat er es dir unmöglich gemacht, den Richtigen noch zu finden, denn woran solltest du ihn jetzt noch erkennen können?"

Ein Frösteln durchlief Benedictas Körper in der warmen Wanne, und sie spürte, dass die andere die Wahrheit gesagt hatte.

Die sprach leise weiter: „Darüber hinaus hat er dich so begehrenswert gemacht, dass unzählige Männer bereit sein werden, alles zu geben, nur um eine gewisse Zeit mit dir erleben zu dürfen. Sie werden ihm alle Körperteile dafür verkaufen und am Ende noch die Seele. So hat er dich zu seinem brauchbarsten Werkzeug gemacht, zu seinem Köder; und du erhältst nichts dafür außer Zuneigung und Geschenke von Menschen, die dir nichts bedeuten."

„Lässt sich der Vertrag rückgängig machen?"

„Verträge mit ihm lassen sich nicht rückgängig machen. Aber diesmal haben wir vorgebeugt, wir haben ihn mit seinen eigenen Waffen überlistet. Denn wir haben dir beim Eintritt in dieses Gebäude einen falschen Namen gegeben, einen Phantasienamen von dem wir wussten, dass er dir gefällt, und den du deswegen akzeptieren würdest. Du hast unter den Vertrag einen falschen Namen geschrieben, damit ist er ungültig."

Benedicta schaute sie mit großen Augen an: „Aber das ist ja wunderbar, dann ist wenigstens das ungeschehen gemacht."

Die Blonde runzelte die Stirn. „Sagen wir, der Schaden ist begrenzt worden. Eine gewisse Nachwirkung des Vertrages lässt sich trotz des falschen Namens nicht ganz verhindern." Dann nahm sie ein Korn aus dem Schnabel des kleinen Papageien, gab es Benedicta und sagte: „Schlucke es herunter!"

Die nahm es zwischen Zeigefinger und Daumen, betrachtete es kurz, sagte erstaunt „ein kleines Korn", steckte es sich in den Mund, und schluckte es herunter.

Die blonde Frau kraulte den Vogel am Kopf und erklärte: „Irgendwann wächst dir ein neues Herz, sehr langsam, es braucht seine Zeit. Eine kleine, zarte Pflanze, mit der du sehr vorsichtig umgehen musst."

Und dies war der erste Moment seit ihrem Eintritt in das Gebäude, an dem Benedicta ein stilles Glück empfand. Sie sagte leise „Danke". Dann dachte sie eine Weile nach und fragte: „Welches ist mein wahrer Name?"

Die andere nahm sie bei der Hand, half ihr aus der

Wanne, führte sie zu einem Becken mit eiskaltem, klarem Wasser, bestand darauf, dass sie hineinsteige, drückte ihren Kopf ohne Vorwarnung unter das Wasser und sprach, als sie wieder auftauchte: „Ich taufe dich auf den Namen 'Indra'."

Die Gefährtin

Nie hatte ich zu einem Wahrsager gehen wollen. Doch irgendwann auf einem Jahrmarkt, als ich des Achterbahnfahrens und der Spiegelkabinette überdrüssig war, stand ich vor der Bude eines Hellsehers, der so offensichtlich ein Betrüger und Scharlatan war, dass ich nicht die geringsten Bedenken hatte, ihm ins Innere zu folgen, um mich für ein wenig Geld unterhalten zu lassen.

Der kleine Raum war schlecht erleuchtet, ich sah nur einen Tisch, zwei Stühle und einige bunte Papierwimpel oder Ähnliches an den Wänden. Der Andere nahm auf einem Stuhl Platz und bot mir den Gegenüberliegenden an. Dann setzte er sich in großer Geste einen Turban auf und schlug einen blauen Umhang um sich, und ich freute mich, dass mir für mein Geld ein wenig Kostümierung geboten wurde. Um einen Tonfall zwischen geheimnisvoll und dramatisch bemüht, sagte er: „Ich habe dich erwartet. Nur für dich ist dieser Raum gebaut. Zahle den Preis und stelle mir deine Frage!"

Ich steckte das Geld in eine Büchse, die er mir hinhielt und zögerte, denn eine Frage hatte ich mir noch nicht überlegt. Die Zukunft wollte ich nicht wissen, selbst von einem Betrüger nicht, daher entschied ich mich, nach etwas Allgemeinerem zu fragen und sagte: „Was ist der Tod?"

Er sah mich an, lächelte nachsichtig und antwortete: „Die Frage ist richtig, aber du hast sie schlecht formuliert. Den Tod zu erklären würde lange dauern, und noch länger würde es brauchen, bis du es verstehst. Auch sitze ich nicht hier, um die Gesetze des Universums zu erklären, sondern um dir eine Auskunft über dich zu geben. Ich nehme an, du willst wissen, wie du stirbst."

Schnell antwortete ich: „Nein, das möchte ich nicht wissen. Ich möchte nichts über meine Zukunft erfahren."

Der Jahrmarktkünstler wiegte den Kopf, als sei er nachdenklich und sagte: „Da du schon bezahlt hast, und ich dir eine Auskunft geben muss, kann ich dir etwas aus deiner Vergangenheit erzählen, wenn du nichts über die Zukunft erfahren willst." „Das wäre mir wesentlich lieber", stimmte ich erleichtert zu.

Er nahm einen geistesabwesenden Gesichtsausdruck an und sprach ins Leere: „Du gehst in einem Park spazieren. Es ist dunkel, Regen fällt, der Boden ist matschig, es stört dich nicht. Du erreichst einen Ausblickpunkt, von dem du auf den Fluss und einige Hafenanlagen blicken kannst. Du hast Liebessorgen und hoffst insgeheim, hier irgendetwas finden zu können. Ein Schiff fährt im Dunkeln vorüber, in dem Moment erschrickst du sehr, denn jemand, der dicht hinter dir steht, spricht dich an. Du drehst dich um..." „... und niemand steht hinter mir", setze ich seinen Satz aufgeregt fort. „Das hat tatsächlich stattgefunden! Wie konnten Sie das wissen? Ich bin in dem Moment beinah verrückt geworden, denn klar und deutlich hatte ich eine Stimme gehört und sogar seinen Atem gerochen, doch niemand stand hinter mir. Ich bin sofort nach Hause und ins Bett gegangen. Ich erinnere mich, dass ich noch am nächsten Tag sehr verwirrt war." Der

Andere sagte ungerührt: „Unterbrich mich nicht, ich bin noch nicht fertig. Ein Schiff fährt vorüber, du erschrickst, weil dich jemand von hinten anspricht, du drehst dich um, und er sticht dir ein Messer ins Herz, noch bevor du sein Gesicht erkennen kannst. Du fällst zu Boden, stirbst. Der Tod kommt, dich zu holen, und du weigerst dich, ihn zu begleiten. Deine Gründe dafür sind ziemlich fadenscheinig, aber der Tod mag dich, und darum arrangiert er etwas sehr Schönes für dich. Er lässt dich glauben, du seist nicht erstochen worden, er dreht deine Erinnerung um einige Sekunden zurück. Dann lässt er dich glauben, weiter zu leben, er schafft dir allmählich angenehmere Lebensumstände, und dann geschieht das Großartigste: In einem Theater begegnest du der Frau, die du erst auf der anderen Seite hättest treffen sollen. Sie macht das für dich, sie kommt zu dir. Wenn du wüsstest, wie schwer das für sie war! Und was tust du? Du machst Fotos von ihr, du bist unmöglich, du bist ein Flegel, du hast sie nicht verdient. Das sie sich das gefallen lässt! Immerhin, die fünf Fotos sind sehr gelungen, ich mag den Ausdruck ihres Gesichts vor dem schwarzen Hintergrund, und wie sie sich die Hand auf die Schulter legt. Du findest sie wunderschön und bist fasziniert von ihr, aber erkennst sie nicht. Stattdessen versuchst du das, was du Leben nennst, weiter zu führen, machst deine Arbeit, triffst deine Freude, hoffst der Unbekannten aus dem Theater wieder zu begegnen, und amüsierst dich, so gut du kannst, gehst auf diesen Jahrmarkt und kommst zu mir. Das war die Vergangenheit. Möchtest du jetzt die Zukunft erfahren?"

Mit Raben in Gesellschaft

Raben sind schwierig. Sie sind leicht zu kränken, dann kehren sie sich ab. Sie halten sich nicht an Konventionen und benehmen sich häufig unmöglich. So manch eine peinliche Situation in Gesellschaft, die ich gern vermieden hätte, verdanke ich einem Raben.

Raben sind sehr nützlich. Wer einen Raben hat, kann sich glücklich schätzen. Raben verschaffen einem unentbehrliche Informationen. Wer zwei Raben hat, erfährt sehr viel und ist vor plötzlich hereinbrechendem und keineswegs zufälligem Unglück geschützt.

Der Preis für zwei Raben ist ein Auge. Wer zwei Raben hat, verliert früher oder später ein Auge oder dessen Sehkraft. Doch dank der Raben sieht er mehr als mit zwei Augen.

Nun ist mein Problem, dass drei Raben in meiner Nähe sind. Normalerweise würde ich mit jedem einzelnen einen freundschaftlichen Kontakt pflegen, denn sie behandeln mich alle sehr gut, gleichwie sie sich untereinander nicht ausstehen können. Mein erstes Auge habe ich durch einen Fotoapparat ersetzt, aber mein zweites Auge ist mir zu schade, ich brauche es noch. Nur von welchem Raben soll ich mich trennen?

Nachtgrauen

Weiße Schwalben schlagen klar
In schwarze Spiegel hoher Scheiben
Fallen auf die Dielen lautlos nieder
Und durch's Fenster bricht die Nacht
Hüllt mich ein in Vogelleichen.

Rosenbund

Die Welt geht zuende, stirbt,
Die Rose im Garten widerspricht.

Treppen steigen

Die Treppe kommt dir entgegen,
folgst du ihr den Weg nach oben.
Doch nie erwarte von einer Treppe,
dass sie für dich die Schritte tut.

Alles hat seinen Platz, wenn
es einer dorthin legt.
So liegen Sätze zum Trocknen in der Sonne
Darüber eine summende Stille,
Atmen
Und kein Regen.

Lebenslauf

Fern von Zeit und Raum ist alles
Vor dem Leben und mehr und
Ein Stern in weiter Ferne

Verzauberte Jahre der Kindheit
Wahr sind die Flügel der Träume
Und Wissen ist ohne Verstehen

Von der Bildung wohlgeordnet
Lässt die Welt sich bald erklären
Und die letzten Rätsel löst ein Lexikon

Erwachsen dann auf dieser Seite nur
Erledigen Gewohnheiten und Regeln
Den Rest von deinem gold'nen Ursprung

Findest du die andere Seite wieder und
Ergibst dich ihr in Sehnsucht nach du weißt es nicht
Dann bist du uns verloren

Wechsle zwischen den Seiten!
Träume! Liebe! Tanze!
Beherrsche die Regeln mit einer Hand!

Lasse dich in gelassener Freude
Von Wirbelstürmen tragen!
Und mit einem Mal und unverhofft

Sind die Sterne wieder nah

Die Ameisenstraße

In einigen tropischen und subtropischen Ländern erfüllt die Geschäftigkeit kleiner Ameisen die Räume jener Verliebten, die besonders viele Zärtlichkeiten austauschen. Sie laben sich an den honigsüßen Tröpfchen, die sich an dem getünchten Mauerwerk und den Tapeten niederschlagen, und sortieren dabei in eifriger Arbeit auf Pfaden an den Wänden dicht unter der Decke das Geschick der Liebenden.

Für diese süßen Tropfen erbringen sie eine Gegenleistung. Wenn das Paar auseinandergeht, bilden sie so schnell wie möglich einen Pfad zwischen ihm und ihr. Und selbst wenn einer stundenlang mit dem Flugzeug fliegt, kann er sich sicher sein, dass mindestens eine Ameise bei seiner Ankunft aus dem Koffer steigt und zurückeilt, um den geduldig am Ausgangsort wartenden anderen Ameisen den Weg zu weisen.

So dauert es ein wenig, doch nie zu lang, bis die Getrennten ein Ameisenpfad verbindet, auf dem Tröpfchen von ihr zu ihm und ihm zu ihr getragen werden. Und allmählich wird dieser Weg kürzer und kürzer, bis sich die Liebenden erneut berühren, und die Geschäftigkeit der Ameisen einen weiteren Raum erfüllt.

Des Teufels Casper

„.... die Unvergeßliche, der unser Glück, Zweck des liebevoll thätigen Lebens war, - deren reges und tiefes Gemüth jedes Edle und Schöne in sich auffasste und verschönert auf uns zurückstrahlte, ...“
Caspar Voght: „Flotbeck in ästhetischer Ansicht“)

In der Mitte des 18. Jahrhunderts wurde in Hamburg, einer zwischen Preußen und Dänemark gelegenen freien Stadt, ein Junge geboren, den die stolzen und frommen Eltern auf den Namen Casper tauften. Der Vater des Knaben war ein Kaufmann von einfacher Bildung und unermesslichem Reichtum, und es stand fest, dass der Sohn einst seine Handelsfirma übernehmen würde. Er bekam eine bessere Ausbildung, als die Eltern sie je gehabt hatten und wurde zur Verfeinerung seines Wissens auf mehrere Reisen in das europäische Ausland geschickt. Casper war ein aufmerksamer und sensibler junger Mann. Er lernte neben Handelsgewichten, Zahlen und Verkaufsgebaren auch die schönen Künste kennen und bedauerte sehr, selbst ohne jedes Talent für eine Kunst zu sein. Weil er glaubte, keine andere Wahl zu haben, übernahm er schließlich gemeinsam mit einem Freund das Kontor seines Vaters.

Als er bereits 33 Jahre alt und noch unverheiratet war, verliebte er sich unsterblich in eine vorübergehende Frau, deren Gestalt gleichermaßen Schönheit und Güte ausstrahlte. Er wusste sofort, dass diese Frau ihm bestimmt war. Umso größer war seine Verzweiflung, als er erfuhr, dass sie einen Anderen heiraten würde. Obwohl er die Frömmigkeit seiner Eltern nicht teilte und heimlich die Bibel sogar im Ganzen bezweifelte, flehte er nun nachts in Gebeten darum, dass diese offensichtliche Verwechslung des Schicksals sich noch rechtzeitig entwirre, und ihm dieses Unglück erspart bleibe. Als seine Verzweiflung auf dem Höhepunkt war, dachte er sogar einmal: „Und wenn der Teufel selbst mir dabei helfe!" Später schämte er sich für diesen unaufgeklärten Ausbruch, und er war froh, dass dieser Gedanke seine Lippen nicht verlassen hatte.

Kurz darauf heiratete die Frau, und Casper flüchtete sich auf eine mehrmonatige Reise. Als er gerade seit einigen Tagen von dort in dem Glauben zurückgekehrt war, den gröbsten Teil seines Unglücks überstanden zu haben, und tief in der Nacht schlaflos in seinem Arbeitsraum bei Kerzenschein am Schreibtisch saß, um seine in alle Richtungen wandernden Gedanken auf einem Blatt Papier zu versammeln, klopfte es an seine Tür. Sein Herz begann schneller zu schlagen, vor Überraschung und Freude, denn das Haus, die ganze Gegend, lagen im Schlaf, und so war dieses Klopfen äußerst ungewöhnlich, und etwas Ungewöhnliches war genau das, wonach ihm jetzt verlangte.

Casper sagte „Herein", und seine Überraschung erhöhte sich, als ein Mann, den er niemals zuvor gesehen hatte, den Raum betrat, als sei dies die größte Selbstverständlichkeit der Welt.

„Hallo Casper. Der Zeitpunkt war gerade günstig, und da ich sah, dass du noch wach bist, bin ich schnell vorbeigekommen", sagte der Fremde.

Er war wohlgekleidet, hatte warme, aufmerksame Augen, und in seiner Stimme lag nicht ein Hauch von Unsicherheit. Sein Tonfall verriet eine hohe Bildung, und die Art seiner Bewegung wiesen ihn als frei von jedem spießbürgerlichen Korsett aus. Darüber hinaus war etwas Seltsames an ihm, das nur von einer künstlerischen Begabung herstammen konnte, wie Casper glaubte. Er konnte sich nicht erinnern, diesem Mann jemals zuvor begegnet zu sein, aber er war ihm äußerst sympathisch. „Kennen wir uns?"

Der Fremde lächelte: „Entschuldige, ich vergaß mich vorzustellen. Ich bin der Teufel, du hast mich gerufen." Casper sah ihn verdutzt an: „Sie erlauben sich einen Spaß mit mir?" Der Andere schüttelte schmunzelnd den Kopf: „Keineswegs. Ich freue mich, dass du keine Angst hast. Das geschieht nur noch selten, seitdem ein gewisser Paulus ein sogenanntes Christentum verbreitet hat, das nicht ein gutes Haar an mir ließ. Davor hatten die Menschen andere Namen für mich, und sie begegneten mir mit Freundlichkeit und Hochachtung."

„Ich träume, und Sie sind nicht real?", vermutete Casper, und ein Hauch von Enttäuschung mischte sich bei dieser Vorstellung in seine Stimme. „Nein, ich kann dich beruhigen, du träumst nicht. Auch kannst du alle Förmlichkeiten fallen lassen, denn wir werden uns mit der Essenz deines Lebens beschäftigen", fuhr der Andere ohne Umschweife fort, „und das bedeutet, ich werde dir näher kommen, als ein Freund es je sein kann. Du hattest mich vor einiger Zeit gerufen, du hattest einen Wunsch. Hier bin ich. Nenne mir jetzt deinen Wunsch!"

Ohne auch nur einen Moment zu zögern, antwortete Casper: „Ich will ... zur Frau."

Der Teufel biss nachdenklich auf seine Unterlippe und äußerte sich langsam, nach richtigen Worten suchend, zu dem Wunsch: „Es ist nicht möglich. Ich kann vieles, aber das Rad der Zeit zurückdrehen kann ich nicht. Sie hat sich einem anderen versprochen. Dieses Versprechen kann sie nicht brechen. Sie ist zu gut. Das würde sie ihm niemals antun, denn er behandelt sie wie eine Prinzessin. Sie werden verheiratet bleiben, bis der Tod sie scheidet. Aber überlege, was du wirklich willst! Ich höre zwischen deinen Worten einen anderen Wunsch. Muss sie denn wirklich deine Ehefrau sein? Willst du sie etwa vorzeigen oder gar besitzen? Willst du nicht vielmehr von ihr geliebt werden und sie glücklich sehen?"

Casper fühlte, dass sein Gegenüber ihn gut kannte, dass der die schönen Seiten seines Selbst hervorzuheben verstand, und er schämte sich dafür, einen so egoistischen Wunsch geäußert zu haben. Darum sagte er: „Ja, du hast Recht."

Der Teufel freute sich und fuhr fort: „Dann kann ich dir helfen. Sie wird ihren Mann weder betrügen noch verlassen, aber mit meiner Hilfe wirst du ihre Liebe gewinnen und sie glücklich machen. Ich weiß, du wärst lieber auf allen Ebenen mit ihr vereint, aber auch so wird der

Kern deines Wunsches erfüllt. Gibst du dich damit zufrieden? Ich versichere dir, mehr ist nicht möglich."

Casper spürte, dass der andere Recht hatte: „Wenn ich sie glücklich machen kann, und sie mich liebt, sind meine Wünsche erfüllt."

Der Teufel sah ihn liebevoll an: „So wollen wir die Sache jetzt besiegeln." Dann stach er Casper mit einer Nadel in den Finger und ließ einen dunkelroten Tropfen seines Blutes auf ein weißes Blatt Papier fallen, pustete ihn trocken, faltete das Papier und steckte es in einen Umschlag, den er verschloss.

„Wozu ist das gut?", fragte Casper. „Es ist für mich als Sicherheit, falls du deine Meinung änderst. Mache dir keine Sorgen deswegen", antwortete der Teufel, und im nächsten Moment hatte Casper den Blutstropfen vergessen.

„Komm", sagte der Besucher, und legte freundschaftlich den Arm um die Schulter des jungen Kaufmanns, „zieh dir etwas über! Wir wollen ein wenig am Elbstrom entlanggehen und uns überlegen, wie wir vorgehen."

Kurz danach verließen sie das Haus, gingen in die Nacht und den Fluss entlang, nachdenklich und milde gestimmt von dem leichten Wellenschlag und der Hoffnung auf eine gute Zukunft. Als sie die Grenzen Hamburgs und den Hafen des dänischen Städtchens Altona schon eine Weile hinter sich gelassen hatten, kamen sie durch eine Niederung, aus dessen Morast sich ein kleiner Bach in die Elbe ergoss.

Hier blieb der Teufel stehen, kehrte der Elbe den Rücken zu, blickte über das Land und fragte: „Was hältst du von diesem Ort?"

Casper folgte seinem Blick. Feuchter, unwirtlicher Boden erstreckte sich noch vor dem ersten Rot der Sonne im dunstigen Morgengrau zwischen flachen Hügeln, die ein ehemals breites Flussbett begrenzt haben mochten. Zwei kleine Bauernhäuser waren da gebaut, deren offensichtliche Armut den Charakter der Landschaft zu spiegeln schienen. Casper antwortete: „Es scheint mir unangemessen, ein Stück Natur hässlich zu nennen, aber dieser Fleck Erde ist hässlich."

Der Teufel begann so sehr zu lachen, dass ihm die Tränen die Wangen hinunterliefen. Schließlich fasste er sich wieder und sagte: „Diese Landschaft ist wunderschön, es ist die schönste Gegend weit und breit. Aber es ist ein Schleier darüber gelegt, sie scheint hässlich, weil ich sie verflucht habe, schon vor mehreren hundert Jahren. Jetzt wird das Land uns helfen, deinen Wunsch zu erfüllen. Kaufe es! Im Moment ist es sehr billig zu haben. Die Bauern hier nagen am Hungertuch. Sobald du das Land besitzt, werde ich den Fluch von ihm abnehmen und dir ermöglichen, hinter den Schleier zu gucken. Du wirst den wahren Charakter der Landschaft schauen und einen Garten, ein Park, danach formen. Mit dieser Arbeit, durch diesen Garten, in diesem Garten, wirst du die Liebe der Frau gewinnen." Casper sah über das abstoßende Land und zweifelte. Der Andere erkannte es und sagte: „Ich leihe dir meine Augen, dann kannst du schon jetzt einen Blick hinter den Vorhang werfen."

Und Casper sah eine Parklandschaft, deren natürliche Harmonie ihm jedes Kunstwerk zu übertreffen schien. „So sieht es hier aus?", wunderte er sich.

„So wird der Garten aussehen, den du hier formst", antwortete der Teufel. „Und weil du dich mit dem, was möglich ist, zufrieden gibst, und weil ich dich mag, werde ich noch mehr für dich tun. Leihe mir nun deine Augen, ich will mir die verschiedenen Zukünfte angucken, die dir offen stehen und werde die beste für dich aussuchen. Wenn ich sie dir schon nicht zur Frau geben kann, will ich doch wenigstens dafür sorgen, dass du ein angenehmes Leben hast."

Und Casper lieh dem Anderen seine Augen und hörte, welche Zukunft dieser damit sah: „Der Park, den du anlegt, wird sehr schön, du hast eine außergewöhnliche Wahrnehmung und Hände, die einen Garten zu formen verstehen. Und ich werde dafür sorgen, dass der Park darüber hinaus auch berühmt wird. Ich stelle dir den besten Landschaftgärtner dieser Zeit zur Seite. Dafür musst du nach Schottland fahren, dort wirst du ihn kennen lernen. Ja, ich sehe, das wird gelingen."

Casper, der währenddessen ohne Augen war, bat den Anderen, ihm mehr zu erzählen, und der fuhr fort: „Durch die Arbeit an dem Park wirst du interessanten Menschen begegnen, von denen einige deine Freunde werden, die dir stets wohltuende Gesprächspartner sind mit einer anregenden Wirkung auf deine Lebensfreude. Viele Tage, Abende und frühe Stunden verbringst du mit Einzelnen von ihnen in deinem Landschaftsgarten.

Dabei wirst du teilhaben an den Geburtsstunden der modernsten Ideen, die diesem Jahrhundert vorbehalten sind, und du darfst miterleben, wie diese die Welt in ein neues Zeitalter führen. Allerorten wird dir Hochachtung entgegengebracht, unter anderem wird dir der Kaiser von Österreich einen Adelstitel verleihen."

„Der Kaiser von Österreich wird mir einen Adelstitel verleihen?", fragte Casper ungläubig. „Warum nicht", antwortete der Teufel. „Ich habe noch etwas gut bei dem, der dann Kaiser sein wird. Derartige Dinge sind nicht schwer einzurichten. Geld und Ruhm gibt es an jeder Ecke. Liebe, Glück und Gesundheit sind es, die schwer zu erhalten sind. Aber du wirst Glück haben, und die Frau wird dich lieben, und du wirst bis ins hohe Alter gesund sein und einen friedlichen Tod sterben. Das kann ich dir versprechen. Dafür habe ich schon gesorgt. Was wir jetzt tun, ist nur noch ein Ausbalancieren der Kleinigkeiten: ein Adelstitel, einige Bücher, in denen du wohlwollende Erwähnung findest, und vielleicht noch eine Straße, die nach dir benannt wird. Das sollte reichen. Sei großherzig und gut zu den Menschen, dann wirst du Freunde haben und Freude spüren. Dann wird es dich auch nicht stören, wenn der Park im Laufe deines langen Lebens fast dein gesamtes Vermögen aufzehrt."

„Mein Vermögen?", erstaunte sich Casper. „Wie kann es sein, dass nur einige Landkäufe mein gesamtes Vermögen aufbrauchen? Ich bin sehr wohlhabend."

„Mache dir deswegen keine Sorgen. Solange du lebst, wirst du reichlich Geld besitzen. Erst bei deinem Tod wird es praktisch aufgebraucht sein", stellte der andere nüchtern fest.

„Vererbe ich denn gar nichts meinen Kindern?", beunruhigte sich Casper. Der Teufel schwieg kurz und sagte dann ernst: „Du wirst keine Kinder haben, denn die Frau, die du liebst, ist, wie du schon weißt, mit einem anderen verheiratet, und sie wird ihn nicht betrügen. Wenn du aber Kinder haben willst, dann kann ich es einrichten, das ist kein Problem. Es wird genügend Frauen geben, die dich wollen. Wähle einfach eine von ihnen. Die Frau, die du liebst, wird dich deswegen nicht weniger lieben."

Casper nickte verstehend: „Es ist schon gut, dann will ich keine Kinder. Wie könnte ich mit einer Frau Kinder zeugen, wenn ich dann doch eine andere liebe? Wie könnte eine Familie auf etwas Anderem gründen als auf der Vereinigung zweier Liebender?"

„Das ist ein Jammer", sagte der Teufel, „ich hätte es dir wirklich gegönnt, du hättest es verdient. Aber nach deinem Tod wirst du mehr Glück haben."

„Nach meinem Tod?", wunderte sich Casper. „Komme ich denn nicht in die Hölle, weil ich mich mit dir eingelassen habe?"

Der Teufel lachte: „Nein, du kommst nicht in die Hölle. Wie ich schon gesagt habe, dieses Christentum hat kein gutes Haar an mir gelassen. Du kommst nicht in die Hölle, und du kommst auch nicht in den Himmel. Du erhältst nach deinem Tod ein weiteres Leben und wirst erneut geboren. Und ich werde dafür sorgen, dass du im nächsten Leben mit der Frau, die du in diesem Leben knapp verfehlt hast, in Liebe vereint leben und eine Familie gründen wirst."

Der leise Schatten des Misstrauens legte sich über die Gedanken des Kaufmanns: „Warum willst du das für mich tun? Was ist dein Gewinn dabei?"

Sein Gesprächspartner sah ihn streng an: „Ich bin kein Krämer. Glaubst du, ich denke in Bilanzen? Ich mag dich. Ich tu dir einen Gefallen. Auf eine gewisse Weise verbessert es auch meine Position an dieser strategisch günstigen Stelle, aber das hat nichts mit Gewinn oder Verlust zu tun, und du kannst das nicht verstehen, denn hier handelt es sich um Angelegenheiten einer außermenschlichen Welt. Und nicht zuletzt war schon lange ein Baumgarten für diesen Ort vorgesehen. Am Ende ist dies nur eine weitere Vorsehung, die sich erfüllt."

„Ich werde noch einmal leben und dann in Liebe mit ihr vereint sein!", fasste Casper laut für sich zusammen. „Und in diesem Leben kann ich schon Zeit mit ihr verbringen, sie wird mich lieben, ich werde wohlhabend und gesund sein, habe gute Freunde und darf an den erstaunlichen Umbrüchen der Zeitgeschichte teilhaben."

„Genauso ist es", sagte der Teufel.

Stilles Glück stieg in Casper auf: „Dann ist alles gut!"

„Ich freue mich, dass du es so siehst", sagte der Teufel.

Wenige Wochen später kaufte Casper einen Großteil des Landes aus der Konkursmasse dreier Bauern und zog sich aus der aktiven Tätigkeit in seiner Handelsfirma zurück. In den nächsten Jahren erweiterte er die Fläche durch weitere Ankäufe und Tauschgeschäfte, in dem Bemühen, ein möglichst großes, geschlossenes Areal in seinen Besitz zu bringen. Auf diesem Gebiet legte er mit Hilfe eines schottischen Landschaftsgärtners die schönste Parklandschaft an, die in der Gegend je gesehen wurde. Die Familien seiner Arbeiter behandelte er gut, und er zahlte ihnen einen großzügigen Lohn. Das führte dazu, dass alle im Park zu verrichtenden Tätigkeiten von gut gekleideten und gut genährten Menschen mit Freude getan wurden. Darüber hinaus brachte er im Hamburger Senat Vorschläge ein, die zu einer deutlichen Verringerung der Armut führten. Dies bescherte ihm Ansehen weit über die Grenzen der Stadt hinaus, und schließlich bat der Kaiser von Österreich ihn, auch das Armenwesen Wiens neu zu organisieren. Das gelang ihm in kürzester Zeit derart eindrucksvoll, dass der Kaiser ihn als Dank zum Baron erklärte.

Wie jeder erfolgreiche und beliebte Mensch hatte auch Casper einige Gegner und Neider. In erster Linie waren das ortsansässige Kleinbauern, die ihm vorwarfen, seine landwirtschaftlichen Methoden seien unchristlich. Er machte sich nicht die Mühe, das zu leugnen. Stattdessen verbat er den „Menschen die", wie er sagte, „die Bibel für eine Anleitung zum Feldbau halten", den Zutritt zu seinem Park.

So hatte er stets Frieden an diesem seiner Liebe geweihten Ort. In all seinen Anpflanzungen, in jedem neuen Bachlauf und bei jeder Blume, die er im Quellenthal set-

zen ließ, versuchte er immer zu erraten, was der Uner-
reichbaren gefallen würde. Und wenn er mit ihr einen
Spaziergang durch den Park machte und etwas, das er
geschaffen hatte, sie erfreute, war er überglücklich. Mit
ihrem Ehemann blieb er noch weit über ihren Tod hinaus
eng befreundet. Und als Casper im Alter von 87 Jahren
fast erblindet, unverheiratet und kinderlos starb, war er
dankbar für alle Erinnerungen und freute sich auf das,
was kommen würde.

Am 25. September

Am 25. September befällt mich schleichender Atemnotstand, dünnt mein Gehirn aus. Am 29. September beschließe ich, bis auf weiteres ganz auf die Atmung zu verzichten. Prompt setzt ein Reinigungsprozess ein. Am 31. September nehme ich die Atmung wieder auf. Erfreut registriere ich ihre Perfektionierung. Später bemerke ich, dass ich jetzt gelegentlich vergesse zu atmen. Dann fallen in mich Erkenntnisse wie Erleuchtungen. Die Wirklichkeit sehend laufe ich durch die Straßen und zeige sie anderen, schrei sie ihnen ins Gesicht. Das führt mich bisweilen in unangenehme Situationen. Im Straßenbus wiegle ich die Mitfahrenden auf. Der Busfahrer hasst mich. In der Einkaufspassage gebe ich Vorübergehenden gute Ratschläge. Die häufigste Reaktion ist grober Undank. Handgreiflichkeiten sind nicht selten. Heute kontrolliere ich meinen Atem besser. Das Auf und Ab und Eindringen in die Blutbahn ist streng geregelt. Unzuverlässigkeiten akzeptiere ich nicht. Die ständige Eigenüberwachung macht mich unerbittlich gegen Fremde. Jeder ist mir fremd. Mit einem Brauenzucken demonstriere ich meinen Unwillen über ihre nachlässige Haltung. Ich scheue mich nicht, harsche Kritik zu üben. Wer seine Atmung beherrscht, ist unverwundbar. Das hat einige Personen geängstigt. Darum lebe ich in einer kleinen Zelle, von der sie behaupten, ich könne sie nicht verlassen. Meine zahllosen Ausflüge verheimliche ich ihnen. Am Morgen finde ich mich wohlgenährt und rechtzeitig zur Essensausgabe in der Zelle wieder ein. Das helle Brot nehme ich gelassen entgegen. Verfüttere es an die Ratten. Dann lege ich mich auf das schmale Bett. Ruhe mich aus von meinen weitschweifenden Abenteuern. So verschlafe ich die Tage. In der Nacht wird unsere Anwesenheit nicht kontrolliert. Dann stoppe ich den Atem. Ich lege mich auf eine Blumenwiese, nahe einer mäßig befahrenen Landstraße. Von einer Vorbeifahrenden lasse ich mich in ihrer Kutsche mitnehmen. Glückselig still von ihrem samtenen Blick mir gegenüber sitze ich auf der Holzbank. Holpere den Weg entlang, dessen Anfang zu finden die Zelle ohne Atem sein muss.

Céciles Liebe

„... indes das Schwanken langsam innehielt, der Sand unter dem (...) Bootsrumpf knirschte, der sich wie zwei Hände auf das dunstige Ufer öffnete; er war allein, da der Fährmann in der Nacht verschwunden und wahrscheinlich zurückgekehrt war, um einen anderen Schatten abzuholen.“
(Michel Butor: „Die Modifikation“)

Das Boot kündigte sich als Ahnung im Nebel an, noch bevor ich die Umrisse näher kommen sehe. Obwohl der Fluss kaum Wellen schlägt, gerät der kleine, hölzerne Kahn - seitlich von ihnen getroffen - erheblich ins Schwanken. Geschickt verhindert der am Heck stehende Fährmann mit einer langen Ruderstange ein Kentern und treibt das Boot voran. Schon kann ich seine sehnige Gestalt erkennen, das alte Gesicht mit den tiefen Augen, die verschwommen bleiben. Unschlüssig beobachte ich sein Anlegen und werde von seiner sanften Stimme überrascht: „Möchtest du auf die andere Seite?“

Den mürben Nachgeschmack des Traumes auf der Zunge trank Nélido einen Espresso in dem Café gegenüber seiner Wohnung und sprach über Cécile. Ihre jugendliche Attraktivität faszinierte ihn, und er bemühte sich seit Wochen vergeblich um sie. „Genau genommen bemühst du dich nicht um sie, sondern spielst nur mit dem Gedanken, den du dann jedes Mal farbenreich beschreibst“, korrigierte Mario ihn. Nélido strich versonnen mit einem Finger über die Untertasse, betrachtete seine schmale, braune Hand in der Sonne und sagte mit dem vagen Tonfall einer Entschuldigung: „Erst der Gedanke ermöglicht das Handeln." Mario sah zerstreut einer Gruppe kokettierender Schülerinnen hinterher und war von dem dutzend Mal geführten Gespräch gelangweilt.

Nelido wusste, was als Nächstes gesagt werden würde. Es stimmte, er kannte Cécile nicht, hatte noch nie ein Wort mit ihr gewechselt, wusste nichts von ihr, außer dass er abends häufig an sie dachte, dann ihrem schlafwandlerischen Blick aus den unverstellten Augen folgte, den fast unbeholfenen und gleichzeitig gleitenden Bewegungsabläufen ihrer Silhouette hinterher sah, wenn sie kurz nach sieben an seiner Wohnung vorbei ging. Vermutlich hatte sie ihn noch nie bemerkt.

Nach einigen schweigsamen Minuten verließ Mario das Café unter einem Vorwand, den Nélido gleich wieder vergaß. Er zahlte und schlenderte ziellos durch das Viertel. In zahlreichen Buchläden stöberte er und dachte über Cécile nach, dachte sich Abenteuer mit ihr aus und kaufte ein Buch von Pinon. Am Nachmittag besorgte er sich an einem Straßenstand ein kleines Mittagessen, das er vor einem der Denkmäler der Stadt aß. Das Flanieren der Menschen setzte sich in seinen Gedanken nieder, und an einem kleinen Kanal erinnerte er sich des Fährmanns, an einen ehemals gelehrten Glauben, nach dem man eine geringe Münze zur Überfahrt in das andere Reich entrichten muss. Ein Taubenschwarm schreckte ihn auf, führte ihn weiter, in eine Bar, in seine Wohnung.

Dort legte er sich auf sein Bett und genoss das matte Licht, das die geschlossenen Fensterläden nur zuließen, und die Kühle. Er schlief ein wenig, halbwach, kreiste um Cécile, die er gleich sehen würde. Heute würde er ihr nur nachschauen, aber morgen... Nélido entschloss sich, Cécile kennenzulernen. Kurz nach sieben kam sie an seinem Fenster vorbei, er sah ihren leichten Schritt, die bewegten Arme, den zerbrechlichen Hals und rätselhaften Blick. Nélido schloss das Fenster; kochte sich einen Kakao, las einige Passagen aus „Las ruinas circulades" und spürte eine angenehme Müdigkeit in sich sinken.

Es war noch recht früh, aber er wollte sich auf den nächsten Tag vorbereiten, ausgeschlafen sein und hoffte auf einen leichten, sorglosen Traum. Nélido legte sich auf sein Bett, schlug das Laken über die Brust und dachte noch nach und schlief ein.

Der Kahn taucht lautlos aus dem Nebel auf. Der Sand, auf dem ich stehe, ist schwarz. Durch die nackten Zehen sickert die Feuchtigkeit über meine Füße. Der Fährmann legt am Ufer an, und ich warte auf seine Frage. „Möchtest du auf die andere Seite?" Hinter seinen klaren Zügen kann ich die Augen nicht erkennen. Seine Worte beginnen als Neugierde meinen Kopf zu durchziehen, ich spiele mit der Antwort. Ich versuche, durch den Nebel zu spähen, und sehe nur Dunkelheit und ein dumpfes Hämmern, tief aus dem Wasser.

Die Zimmerwirtin klopfte energischer gegen Nélidos Tür. Sie brachte ihm seinen Kaffee, den er im Bett beroch. Er

genoss den Vormittag allein in seinem Raum, das Sonnen-
spiel auf dem weißen Laken, der morgendlichen Haut. In
der frühen Mittagszeit fegte er das Zimmer, um auch eine
äußere Ordnung herzustellen. In einem weißen Hemd und
einer dunkleren Leinenhose verließ er wenig später seine
Wohnung, um in irgendeinem Café einen Freund aufzu-
spüren. Als es dann Mario war, den er schließlich traf,
hatte er wenig Lust, sein abendliches Vorhaben im Voraus
zu zerreden. Lieber sprach er über seinen Traum, der ihm
erstaunlich klar in Erinnerung war. Mario kannte die My-
thologie um den Fährmann, auf dessen Hilfe man ange-
wiesen war, um in das Schattenreich zu gelangen. „Ich bin
neugierig, ob der Traum wiederkehrt, oder ob ich ewig an
diesem Ufer stehen bleiben muss. Heute hat mich die Wirtin
geweckt, bevor ich mich entscheiden konnte. Ich hoffe, ich
werde das nächste Mal den Mut haben, mich über setzen
zu lassen", übertrieb Nélido und war in sich bei Cécile. Das
Thema interessierte Mario, der sich für Übersinnliches und
Legenden begeistern konnte, um sein Halbwissen dann zu
einem wirren Aberglauben zu vermengen. Nélido hütete
sich, ihm das zu sagen. „Du solltest dich nicht auf die andere Seite fahren lassen, auch nicht im Traum, erst recht
nicht im Traum! Glaubst du etwa, Träume seien nur
Phantasiegespinste? Wenn du dich gut erinnern kannst
und mehrfach Ähnliches träumst, solltest du es als Warnung
verstehen. Wozu auf die andere Seite? Da kommst du
noch früh genug hin!", ereiferte sich Mario. Nélido dachte
an seine Liebe zu Cécile, der Finsternis hinter dem Nebel
und gab ihm insgeheim Recht, auch wenn er lachte.

Da sie sich nicht über Cécile unterhielten, schien der Nachmittag beinah heiter und ihre Freundschaft weniger abgenutzt. Um sechs war Nelido wieder in seinem Zimmer, kaum aufgeregt, nur erwartungsvoll gelöst. Am Abend lernte er Cécile kennen.

Céciles Jugend brach eine Schwere in Nélido. Sie verbrachten freie Stunden an den Tagen miteinander und genossen die noch ahnungsvolle Verbindung. Einmal fuhren sie weiter hinaus aus der Stadt und aßen helles Brot, Käse und Weintrauben auf einer Wiese mit wenigen Obstbäumen, die noch nicht in voller Blüte standen. Im Schatten eines kleinen Baumes küsste Cécile Nélido das erste Mal, ein wenig berauscht von dem roten Landwein, der aus Frankreich kam, wie ihre Mutter.
In den Nächten und in der Stadt überraschte sie ihn mit Gedankengängen, die er heimlich „ihre Verrücktheit" nannte und so sehr liebte, dass er davon lachen oder weinen konnte. Dann waren sie sich näher, als zwei Körper sich sein können.
Alles war richtig und gut und wurde nur noch mehr Einklang zwischen ihnen und fast ohne Zeit.
Im Sommer beschlossen sie einen gemeinsamen Urlaub. Sie kauften einfache Bahnkarten und fuhren über Milano in Richtung Süden mit der Absicht, einen beliebigen Ort auf der Strecke zu ihrem Ziel zu machen. Zweimal stiegen sie an sehr kleinen Haltestellen aus, besuchten das einzige Café oder einen unsortierten Laden, machten einen Spaziergang und fuhren ohne Übernachtung weiter. In Brindisi, der

Stadt des Endbahnhofs, wollten sie nicht bleiben und ersonnen einen weiteren Weg. Nach beharrlicher Verhandlung in Brocken von Spanisch, Französisch und Italienisch bekamen sie in der Gepäckaufbewahrung, die auch ein Reisebüro war, zwei Bordkarten für die bereits ausgebuchte Nachtfähre auf den Peloponnes. Um die rechtzeitig zu erreichen, mussten sie mit ihrem zwar kleinen, aber in den Menschenmengen unhandlichem Gepäck durch die halbe Stadt laufen. Es lagen drei Schiffe an der beschriebenen Stelle im Hafen, und sie sprangen lachend verschwitzt und ohne zu wissen, ob es das richtige war, auf dieses eine, das gerade ablegte. Der Steward machte einen Scherz mit ihnen, sagte, sie müssten noch einen Zuschlag zahlen, da es die Passage nach Ägypten sei. Cécile fand die Idee wundervoll, doch sie waren auf dem Schiff, das sie gebucht hatten, wie derselbe Steward dann hastig beteuerte. Da die Nacht mild war, schliefen sie statt in der Großraumkabine in Schlafsäcken auf Deck und betrachteten die Sterne. Es ging ein Regen von Sternschnuppen nieder, und sie waren sicher, ihrem Ziel nah zu sein. Am Nachmittag des nächsten Tages erreichten sie Griechenland.

Erst die kühlenden Septemberwinde machen das Festland erträglich, und nach einigen Tagen Fahrt in überheißen Bussen quer durch wüstenähnliche Einöden, deren roter Staub ihnen gleichermaßen schön und unerträglich war, erreichten sie die Küste der Ägäis. Dort nahmen sie einer Empfehlung folgend eine zweite Fähre, um auf eine der Urlaubsinseln zu kommen. Zu jedem Zeitpunkt der Reise erwarteten sie neugierig hinter der nächsten Wegbiegung, am nächsten Horizont, den Ort ihrer Hoffnung zu finden, und ihre Vorstellung von diesem änderte sich ständig. Die Insel mit ihren weiß getünchten Häusern und Gassen und dem kleinen Fischerhafen gefiel ihnen sehr. Sie blieben einige Tage, während ihr Wunsch wuchs nach einer anderen Insel, fernab der Touristenströme, mit einer verschwiegenen Bucht.

Als sie am achten Tag an den Hafenmolen die Fische fütternd frühstückten, kamen sie mit einem kleinen, schmächtigen Jungen in ein Gespräch über seine Angel und ihren Urlaub. Nur mit einer kurzen Hose bekleidet konnte man unter seiner braun gespannten Haut die zerbrechlichen Rippen hervortreten sehen, als er in kindlicher Bewunderung Céciles Schönheit benannte und ihnen den Rat gab, sich von einem der zahlreichen Fischerboote auf eine Insel bringen zu lassen, die von keiner Fährlinie angefahren wurde.

Cécile sprach ein wenig griechisch und handelte mit einem älteren Fischer einen sehr niedrigen Preis aus, den Nelido bezahlte. Sie holten ihr kleines Gepäck und bestiegen das Boot, das bereits auf sie wartete. Der Fischer war schweigsam und beobachtete die junge Frau, wie sie mit ihrer Hand durch das helle Meer glitt. Einmal sahen sie Delphine. Als das Ufer lange nicht mehr zu sehen war, lächelte der Grieche und sprach zu Nélido, der ihn nicht verstand. Cécile bat den Alten, langsamer zu sprechen und übersetzte etwas unbeholfen: „Er ist froh, weil du dich entschieden hast, und er dich nun zu der anderen Seite fahren kann."

Das Dorf. Zwei Geschichten

Erste Geschichte:
Seine Stadt

1. Die Ordnung

Dieser Tag war wie jeder andere Tag. Er war es nicht in allen Einzelheiten, aber die Einzelheiten erinnerte Bastóc schon lange nicht mehr.

Weckerklingeln, Aufstehen, Kaffeemaschine an, beim Gehen Louise und die Kinder (Marcello und Marcina) wecken, Buslinie 103, zwölf Minuten Zeit für die Tageszeitung, Bürohaus, „Guten Morgen", „einen schönen Guten Morgen", „einen besonders schönen Guten Morgen", Akten, „gestern hat der...", „neulich hat die...", „hast du schon gehört...", Aktenablage, Mittagspause, Kantine, Gericht eins, zwei oder drei, Nachmittag, schläfrig, endlos, Kaffeemaschine, bloß nicht jetzt das Telefon, erst halb vier, Kaffeemaschine, Feierabend, Linie 103, Fernsehempfehlung der Tageszeitung, „Hallo Schatz", „Wie war es?", „Nichts Besonderes", Abendbrot, Nachrichten, Kinder ins Bett, eine Flasche Wein, Spielfilm, Wiederholung, „wie alle guten Filme", Missstimmigkeiten, „früher hast du...", Schweigen, Abendtoilette, nebeneinander, automatisch, Wecker auf sechs Uhr, „Gute Nacht Liebling" oder „Schatz", bestenfalls, Licht aus, umdrehen.

Dies war der letzte Tag wie jeder andere.

2. Der Auftrag

Es war ein seltenes Ereignis, aus dem Büro in die oberste Etage zum Leiter der Verwaltungsbehörde gerufen zu werden. Bastóc war kein derartiger Fall bekannt. Er selbst hatte seinen obersten Dienstherrn höchstens mal vor dem Fahrstuhl vorübergehen sehen und dann freundlich gegrüßt - ohne dass es bemerkt worden wäre. Trotzdem klang es ganz selbstverständlich, als er den Hörer abnahm und die Stimme hörte: „Bastóc, kommen Sie doch mal eben hoch zu mir."

Erst im Fahrstuhl bemerkte Bastóc das Ungewöhnliche der Situation und stellte fest, dass er nicht wusste, wie er sich angemessen zu verhalten hatte. Seine Hände wurden schweißnass, und er lachte nervös, während er sich vorstellte, wie er sich in Verbeugungen oder gebückt und sogar auf den Knien kriechend dem Schreibtisch des obersten Dienstherrn näherte. Als er sich gerade die Lachtränen aus den Augen wischte, ging die Fahrstuhltür auf, und er wurde unversehens mit einem vertraulichen Schulterklopfen empfangen. Während die schwere Hand auf seiner Schulter liegen blieb, vernahm er die warme, tiefe Stimme des Direktors: „Lieber Bastóc, Sie wissen: die politische Veränderung bringt eine gewaltige Umstrukturierung mit sich. Nun sind nicht alle Teile der Bevölkerung so gut informiert, wie es uns in der Stadt selbstverständlich scheint. Es gibt einige Dörfer in Grenznähe, an denen das ganze Geschehen anscheinend spurlos vorüber läuft. Dort gibt es bis heute kein Telefonnetz, keine Zeitungen, der Funkempfang ist durch

Gebirgszüge eingeschränkt, die Verkehrsanbindungen sind schlecht und so weiter und so fort. Kurz gesagt: Es gibt Orte, in denen die seit Wochen in den Medien wiedergekäuten Veränderungen noch unklar sind, wenn nicht sogar unbekannt. Stellen Sie sich vor, es gibt ein Dorf, in dem hat sich trotz der gewaltigen Vorteile, die sich daraus ergeben, und obwohl es gesetzlich zwingend vorgeschrieben ist, bis zum heutigen Tag noch niemand registrieren lassen! Unglücklicher Weise liegt dieses Dorf in unserem neuen Verwaltungsbezirk."

Bastóc staunte. Er hatte es nicht für möglich gehalten, dass es ein Leben außerhalb der Reichweite des Armes der Verwaltungsbehörde geben konnte. Die Hand löste sich von seiner Schulter, klopfte noch einmal kurz darauf, und dann klang alles ganz einfach: „Ungewöhnliche Situation, unkonventionelle Lösung. Kurzum Bastóc: Sie fahren morgen früh in dieses Dorf und klären die Einwohner gründlich auf. Die Bahn fährt um 5.24 Uhr, hier ist ihre Fahrkarte. Nach etwa drei Stunden erreichen Sie den nächst größeren Ort. Dort gibt es zwar keinen Bahnhof, aber Sie können den Schaffner bitten, dort zu halten. Für das letzte Stück nehmen Sie einfach ein Taxi. In diesem Umschlag ist Ihr Spesenvorschuss, bewahren Sie die Quittungen auf, und selbstverständlich werden Sie sparsam sein, aber das muss ich Ihnen ja nicht sagen."

Etwas blöde starrte Bastóc auf den Umschlag in seiner Hand. Sie standen noch immer am Fahrstuhl, und der Direktor zwinkerte ihm aufmunternd zu: „Na, ist das nichts? Ungewöhnlich, aber reizvoll, gerade für einen doch noch ganz jungen Mann wie Sie, nicht wahr? Ich weiß, dass Sie der Richtige dafür sind. Planen Sie ruhig zwei, drei Tage dafür ein, betrachten Sie es als einen kleinen Kurzurlaub, ein bisschen frischen Wind um die Nase, wann kommen wir Städter schon mal raus?"

Sein Gegenüber schien sich wirklich zu freuen, und ein Widerspruch hätte wohl alles verdorben, darum sagte Bastóc einfach: „Danke." Die Fahrstuhltür schloss sich, und er fuhr wieder nach unten.

3. Der Weg

Louise war nicht einverstanden. Sie misstraute ihm, wie häufig ohne wahren Grund. Doch verstand Bastóc es, die erfreuliche Abwechslung, „ein kleines Abenteuer", wie er insgeheim dachte, als lästige Pflicht darzustellen.

Er stand eine gute Stunde früher als gewohnt auf und weckte Louise nicht, als er ging. Mit einer kleinen Reisetasche anstelle des Aktenkoffers fühlte er sich an diesem dunstigen Frühlingsmorgen auf dem Bahnsteig als Urlauber. Lediglich die Mappe mit dem Informationsmaterial und Formularen machten ihn zu einem Beauftragten des Amtes. Ein Blick auf seine Armbanduhr sagte ihm, dass er noch zehn Minuten Zeit hatte. Die nutzte er, um sein kleines Gepäck auf dem Bahnsteig umzupacken, wodurch er Platz gewann und die Mappe in der Tasche verstauen konnte.

Die Bahn war altmodisch, mit Abteilen ausgestattet und

fast leer. Zufrieden ließ Bastóc sich in einen staubigen Polstersitz am Fenster fallen. Bald darauf sah er die zunehmend hügelige Umgebung in einem sanften Nieselregen an sich vorüberziehen. In einem langen Tunnel schlief er ein. Ein Schaffner rüttelte an seiner Schulter, weckte ihn. Die Landschaft war jetzt flach und das Wetter sonnig. Es war gerade noch Zeit, den Bahnbediensteten zu bitten, den Zug an der benannten Ortschaft halten zu lassen. „Normalerweise stoppen wir hier nicht", hatte dieser grau grummelig mehrmals wiederholt, und Bastóc gab ihm kein Trinkgeld, so groß schien ihm der Gefallen nicht zu sein.

Bastóc sah dem Zug nicht hinterher. Staunend stellte er fest, dass schon dieser Ort höchstens ein winziges Dorf war. Es gab keinen Bahnsteig und kein Taxi, nur eine kleine Bar, die anscheinend auch das Lebensmittelgeschäft des Dorfes war. Der Wirt, der Bastóc von der Tür aus aufmerksam beobachtet hatte, seit er aus dem Zug gestiegen war, gab ihm freundlich Auskunft. Es bestand keine Gefahr, sich zu verlaufen, denn die beiden Ortschaften waren direkt durch einen Weg ohne Abzweigungen miteinander verbunden. Da das Wetter für die Jahreszeit ungewöhnlich schön war, und Bastóc sich in Urlaubsstimmung fühlte, machte es ihm nichts aus, dass er etwa zwei Stunden Fußmarsch vor sich hatte. Er verabschiedete sich vom Wirt und machte sich gut gelaunt auf den Weg.

Große, kräftige Bäume säumten den Anfang, Bäume, die weniger einer Allee als vielmehr einem urwüchsigen Wald zugehörig schienen, bald verschwanden und kar-

gem, ebenem Land Raum machten, einer staubig roten
Öde. Berge konnte Bastóc nur in weiter Ferne sehen.
Bald wurde ihm sehr heiß. Die Mittagssonne stand fast
senkrecht am Himmel und brannte seinen schutzlosen
Kopf, klebte das Hemd an den Körper. Er legte sein Jackett über die Reisetasche, die jetzt eine Last war und
bemühte sich, seine gute Laune bis zum sicher nicht
mehr fernen Ziel aufrecht zu erhalten.

Nur senkte die Sonne seine Gedanken wie einst die
Landschaft zu einer monotonen Öde und größeren Felsbrocken, wahllos hingewuchtet.

Eine nächste Wegbiegung zwischen zweien dieser mäch-
tigen Steine hindurch gab ihm den Blick auf das Dorf:
„Nun wird es spannend."

4. Die Ankunft

Das Dorf lag als kleine Oase in der staubigen Landschaft.
Nur wenige Häuser waren in einer losen Kreisformation
angeordnet, drumherum war ein breiter Streifen von üp-
pigem Grün. Bastóc dachte: „Wie merkwürdig, ein grüner
Kreis in roter Landschaft mit einem Tupfer ocker-gelb in
der Mitte." In der Ferne zeichneten sich hellblaue Gebirgszüge ab.

Als Bastóc näher kam, stellte er fest, dass die Häuser
Hütten aus Holz waren, die meisten gelb, weiß oder
sandfarben gestrichen. Der Kreis aus Grün war breiter,
als es aus der Ferne gewirkt hatte und unterbrochen von
dem Weg, auf dem er ging, rechts und links dürres,
bräunliches Gras. „Es gibt nur diesen einen Weg in die

Siedlung", stellte Bastóc erstaunt fest. Und der endete in der Mitte der Kreisformation, auf einem festen, sandigen Platz von etwa vierzig Metern Durchmesser. In der Mitte stand ein Brunnen, und niemand war zu sehen. „Wo sind die Bewohner?"

Bastóc rief zaghaft „Hallo!" und kam sich albern vor, klopfte vergeblich an einige Türen, drehte sich zunehmend verwirrt im Kreis. „Vermutlich sind sie auf den Feldern hinter den Häusern und gehen ihrer Tagesarbeit nach, ich werde sie suchen."

Zwischen und manchmal vor den Hütten ging der sandige Boden in Gras über. Hinter den Häusern begannen Gärten, so fruchtbar wie Bastóc noch nie welche gesehen hatte. Lächelnd, mit weit geöffneten, staunenden, erfreuten Augen und seiner Reisetasche in der Hand, betrat er einen der Gärten.

Wohin auch immer er sah, war üppige Natur: zarte Blüten neben schweren, purpurnen Kelchen, tiefes Grün, farbenfrohe Arrangements, wildgewachsen oder halbwild, Obst in Büschen und Bäumen, die einen Schatten in das satte Gras warfen, etwas entfernt ein Brunnen, aus dem er kostete und niemals köstlicher von einem Wasser erfrischt wurde, viele Tiere, kleine, Baumhörnchen und Singvögel, kleinere, mehr schon Insekten, geschäftiges Schmetterlingstreiben, friedlich.

Ein Mensch war nirgends zu sehen. „Ich werde mich hier ein wenig von der Reise ausruhen, sie müssen ja irgendwann zurück in ihre Hütten kommen", dachte Bastóc und legte sich unter einen Baum.

5. Im Garten

Jäh sinkt eine Nacht herab, eine weißverhüllte Frau, die sich auf bloßen Füßen aus den Tiefen des Gartens nähert. Wind bricht ihren Schleier und entblößt ein Ebenmaß, das durch die grauen Augen nur noch vollkommener wird. Bastóc schaut sie an und ist von soviel Schönheit zu Tode erschrocken, möchte fliehen und stellt entsetzt fest, dass er sich nicht rühren kann. Er liegt auf dem Rücken am Boden und ist gelähmt, sieht sie näher und näher kommen, sie schaut ihn an, und er kann auch seine Augen nicht schließen und ist geblendet, fast blind, möchte um Gnade flehen, aber kann nicht sprechen, möchte einen tiefen Atemzug nehmen und kann die Luft nicht in die Lungen bewegen. Sie sagt nichts, lächelt, beugt sich zu ihm herunter, legt sich auf ihn, und er spürt, wie ihr Körper in seinen sinkt, mit einem sanften Schaukeln, das stärker wird und ihn schweben lässt, leicht über dem Boden, zwischen den Büschen hin und her, durch Bienen, Schmetterlinge hindurch, von Vögeln beobachtet, die dies zu kennen scheinen. Bastóc kann seinen Körper nicht mehr spüren, hat noch nie so geschaut und glaubt nicht, dass es mit den Augen ist und weiß die Frau in sich und weiß nicht mehr, ob er noch Bastóc ist. Sein Denken versagt, und es ist nur noch Schweben und Kreisen, in einem sanften Auf und Ab und weiter in Bögen, begleitet von einem Vogel, der singt, hell und laut, eine kleine Melodie.

Er schlägt die Augen auf und sieht über sich im Baum den Vogel sitzen, der immer wieder die gleiche Tonfolge zwitschert, ein aufmunternder Zuruf, der ihm gilt.

Bastóc erwacht vollends und merkt seinen ganzen Körper schweißgebadet, seine Hände zittrig und die Beine
zu schwach, um sich zu erheben. „Ich habe geträumt. Es
war ein Traum. Die Sonne ist gewandert und hat den
Schatten des Baumes verschoben, ich habe zu viel Sonne
abbekommen. Vielleicht war das Wasser im Brunnen
kein Trinkwasser, ich bin vergiftet. Ich muss die Bewohner finden, ich brauche Hilfe!"

Mit letzter Kraftanstrengung stand Bastóc auf und tau-
melte zurück aus den Gärten auf den festen Sand, und
kamen die Einwohner zu ihm gelaufen, wie er zu Boden
sank.

6. Maia

Eine träge Bewegung des Arms tastete ungezielt kühles
Laken, ohne zu begreifen, kühl, lindernd. „Kühl", aufge-
nommen, hin und her bewegt, „kühl", noch kein Begriff,
„kühl", angenehm, unsichtbares Lächeln. Der Leib nass-
gedunsen ungesund, das Laken ohne Inhalt, plötzlich
erstes Begreifen. Den Genuss verlängern, „nicht die
Augen öffnen", zurückgleiten, der Verstand folgt, pflicht-
getreu. Bastóc schreckte auf.

„Einen schönen gelben Morgen, Bastóc", sagte die Stimme
einer Frau und legte die sanfte Wärme ihrer Hand auf
seine Stirn, Sekunden, auch länger. Aus dem Liegen star-
ren, blöde ohne jedes Verstehen fühlte er sich glücklich,
wachte völlig auf und zerstörte: „Wo bin ich, wer bist
du?"

Mit einem unglücklichen Lächeln zog sie ihre Hand zurück, stand unvermittelt auf und ging einige Schritte über den rauen Holzfußboden in die Sonne, strich sich die dunkelschweren Haare aus dem Blick, leer durch das Fenster, als gäbe es keine Frage. Bastóc wollte wiederholen, hielt inne, ahnte einen vergessenen Geruch unwirklicher Kindheit oder eines Traumes, sah das Weibliche unter dem einfachen Kleid, lichtumflossen, und einen Hinweis auf seine vergessene Sehnsucht: die nackten Füße, staubig braun, vom Sonnenstaub umtanzt.

„Du bist wunderschön, wer bist du?", flüsterte er zu laut in die Stille. Sie wandte sich um, hatte vielleicht geweint, aber er nahm an, sich zu täuschen, die Sonne blendete ihn. Sie kam näher, sehr nah, sah ihn fragend an, seinen Kopf, die Haare zwischen ihren Fingern, die zärtlich nur Leere griffen und ihn doch näher zogen: „Du bist krank Bastóc, sehr krank. Ich bin Maia, deine Geliebte, schon immer."

Bastóc hatte nichts begriffen. Die Fieberschwäche zermürbte den Widerspruch, das wohlige Nichtverstehen weichte ihn auf. Gesund werden, schlafen, ihre Hände spüren, den Körper oder Raum mit dem Geruch, der Verbindungen zu Formen, Flecken mehr, Farbmustern ohne ersichtlichen Sinn hinter geschlossenen Augen bewirkte.

Maia brachte warme, dicke Milch, die den bitteren Nachgeschmack verbarg, und helles Brot, anfangs in der

Schüssel geweicht. Er musste nur schlafen. Wenn er aufwachte, war sie da, immer, jeden Tag, mild mit Bastóc.
Wenn er ihre Güte erwidern wollte, schaute sie weg,
zwang ihn ohne Worte zurück, mit einem Zucken des
Mundwinkels, einer auf einmal kraftlosen Hand. Manchmal sah er aus den Augenwinkeln, wie sie ihn beobachtete, wenn er schlief immer. Er wusste nicht, wann sie
schlief, er glaubte nie.
Ein nicht getroffenes Abkommen einhaltend schwiegen
sie, tagelang.

Eines Morgens erwachte er, und Maia war nicht da.
Bastóc setzte sich auf und merkte, dass er ohne Schwä-
che war. Als er sich vor dem Bett streckte, die Nacktheit
entdeckte und seine Kleidung nicht fand, schien es ihm
selbstverständlich, sich in die Decke zu hüllen und Maia
zu suchen.
Sie kam aus einem anderen Raum mit zwei Bechern und
einer Kanne, dampfend und ohne Erstaunen. „Ich bin
wieder gesund", wollte er sie erfreuen. „Ja, dein Körper
ist erholt, und ich habe uns Kaffee bereitet. Aber du bist
noch nicht ganz bei dir", sagte sie, und leiser, so dass er
erschrak, „und du hast dein Gefühl verloren."
Bastóc dachte „Ich liebe dich", war irritiert und schwieg.
Maia stellte die Gefäße auf das Tischrund und setzte
sich. Bastóc nahm den anderen Stuhl, schlang die Decke,
seine Hülle, enger um sich und griff mit einer Hand nach
dem Becher. Unbesonnen verbrannte er den Mund, pustete, trank einen kleinen Schluck, pustete, noch einen,

und schmeckte die kräftige Würze des Kaffees, den sie bereitet hatte, wie er ihn mochte.

Er schaute auf, um zu reden - und blieb stumm, künstlich, unpassend in dem großen Raum voller Sonne, mit nur einem Bett, zwei Stühlen und einem Tisch. Die Sonne malte die Querverstrebungen des Fensters auf den Boden, seine Augen zogen den Schatten nach, hilflos, und sie wurde voller Zärtlichkeit. Den nächsten Augenblick sah er es, und zum ersten Mal lächelten sie sich an. „Bastóc, wir werden dir helfen, deinen Platz zu finden, die anderen, die Alten, ich." Bastóc vernahm ihre Worte und erinnerte den Gegensatz, seinen Auftrag, in aller Deutlichkeit, und alles war ihm verdorben: „Maia, du hast mich gepflegt, ich war krank, von der Reise, der Hitze, wahrscheinlich sehr krank. Nie habe ich Ähnliches erlebt wie in diesem Raum, und ich bin dir dafür dankbar. Du weckst in mir Dinge, die hoffentlich vieles verändern werden, aber ich bin völlig klar, und du warst leider nie meine Geliebte. Ich habe einen Auftrag, darum bin ich hier, aus der Stadt, wo meine Kinder sind und eine Frau, die ganz anders ist als du."

Maia zögerte, lachte dann zu seiner Überraschung. „Bastóc, ich habe geglaubt, du seist krank, aber jetzt ahne ich, was passiert ist. Und das ist gut, denn jetzt gibt es einen Weg, alles zu ändern, dir zu helfen. Für heute Abend lade ich die Alten ein."

Ihre Worte verwirrten ihn, darum lachte er auch.

7. Die Alten

Ohne Anklopfen kamen die Alten mit der Dunkelheit ins Haus. Später sollten sie auch unvermittelt wieder gehen. Bastóc sah sie von der Bettkante aus, stand unschlüssig auf. Sie nickten ihm vertraut zu, setzten sich in die Mitte des Raums auf von Maia bereit gelegte Sitzkissen und forderten Bastóc mit einer Handbewegung auf, es ihnen gleichzutun. Maia entzündete sieben Kerzen, verteilte das den Nachmittag über bereitete Getränk und setzte sich ebenfalls.

Eine längere Zeit des Schweigens, die zum Begrüßungszeremoniell gehören mochte, nutzte Bastóc, um die Alten, die er als Ältestenrat des Dorfes verstand, zu betrachten. Sie waren über die Trankgefäße gebeugt und schienen sich im Moment für nichts anderes zu interessieren. Das Alter hatte die sieben ähnlich gemacht, sie waren runzlig, hatten lange, noch volle graue Haare und erstaunlich gesunde Gesichtsfarbe, die wohl durch das Kerzenlicht geschönt wurde, wie die Falten von flackernden Schatten vertieft. Bastóc konnte im Laufe des Beisammenseins nicht sicher entscheiden, wer welchen Geschlechts war und änderte seine Meinung darüber mehrmals, auch konnte er sie kaum voneinander unterscheiden. Vielleicht eine Folge der ungewöhnlichen Situation oder des unbestimmbaren Getränks, das Maia ihm im letzten Tageslicht schon verabreicht hatte.

Dazu aufgefordert, begann Bastóc zu erzählen, wie und warum er ins Dorf gekommen war, zwar wohlgeordnet, aber ohne sich völlig von der merkwürdigen Stimmung befreien zu können. Er vergaß nicht, die Hitze und Besonderheit der Reise zu erwähnen, äußerte die Vermutung, der Schlaf in der Sonne sei für einen Sonnenstich verantwortlich, dieser wiederum für Ohnmacht und Fieber. Bastóc endete den Bericht mit einem herzlichen Dank für die dem Städter ungewohnte Gastfreundschaft und dankte insbesonders der „wundervollen Maia".

Nach einer zeitlosen Pause ergriff jemand vorsichtig das Wort, wie um ihn zu schonen: „Ja, Maia ist eine wundervolle Frau, darin stimmen wir dir zu. Was den Rest anbelangt, bist du verirrt." Bastóc hob zum Widerspruch an, mit einer Geste hießen sie ihn schweigen.

„Wir werden sprechen, dir zu sagen, was wirklich geschehen ist. Höre bitte gut zu und unterbrich uns nicht, auch wenn es dir schwer verständlich scheint. Lasse erst die Worte ihre Wirkung tun."

Mit einem Kopfnicken stimmte er der Stimme zu, denn er war interessiert an der wahrscheinlich weltfremden und verschrobenen Sicht der Dorfbewohner.

„Du warst lange fort. Wir kennen dich. Wir haben dich zurück erwartet. Wir freuen uns, dass du wieder da bist. Du bist Bastóc, Sohn des Dorfes, Geschichtenerzähler des Dorfes."

Bastóc wollte protestieren und auflachen, aber Maia legte ihm zart einen Finger auf den Mund und behielt seine Hand, was ihm die Rede weniger wichtig machte und ihn ruhig bleiben ließ.

„Um neue Geschichten zu erfahren, gingst du in die Gärten, die unendlich sind und alle denk- und fühlbaren

Welten, Wesen und Begebenheiten enthalten. Du wolltest eine besondere Geschichte und bist deswegen lange in den Gärten geblieben, zu lange, wie sich jetzt zeigt. Du hast deine Geschichte erfahren, dich aber auch in ihr verfangen, du hältst sie jetzt für die Wirklichkeit. Die Wahrheit ist, dass nichts von dem, was du erwähnst, woanders als in den Gärten existiert. Es gibt nichts außer uns und diesem Dorf. Denke nicht zuviel darüber nach, akzeptiere es einfach. Am Besten wartest du einfach ab. Die Zeit wird es bald richten: dann findest du deinen Platz hier wieder."

Verwundert sah Bastóc Maia an. Die Rede war klar und bestimmt gesprochen, wirkte nicht verschroben. Und doch schien sie nicht von ihm zu handeln. Er fragte sich, wie die Wirklichkeit in diesem Kreis noch zu ordnen sei.

Als er aufblickte, waren die Alten unbemerkt gegangen, ohne ein Wort des Ausgleichs. Verärgert blieb er sitzen und warf sich vor, nicht aus der Stimmung des Raums getreten zu sein.

„Gehe schlafen und lasse die Zeit ihre Wirkung tun", fasste Maia ihn bei den Händen. „Ihr seid ja alle verrückt", wollte er sagen, als er sie aber anblickte, schwieg er doch. Mit einem Mal war ihm alles durcheinander, und dies war die Liebe.

8. Wechselworte

Mondlicht fiel gegen die Wand, bleichte sie blau, und Bastóc wollte nicht schlafen. Er konnte seine Gedanken nicht ordnen und entschied, sich mit jemandem unterhalten zu müssen. Tatsächlich vermisste er Maia. Er fand sie in einem kleinen Nebenraum an einem Tisch, regungslos vor einer Kerze versunken, die den Raum warm färbte und mit Schatten füllte. Sie blickte auf, als er sagte: „Du hast ein schönes Zimmer, wie ich sehe mit vielen Bildern... und ich habe selten gemütlicher gesessen." „Es ist unser Raum", komplizierte Maia die als Einleitung gedachten Sätze. Beide schwiegen, sie kehrte zur Kerze zurück.

„Maia, ich möchte mit dir reden, ich bin durcheinander, das Denken verwirrt mich, irgendetwas ist verkehrt, ich muss es herausfinden...", leiser, „... und über uns will ich reden." Maia schloss die Augen, senkte den Kopf, schaute ihn an: „Ja, vielleicht ist jetzt die Zeit", fuhr mit der flachen Hand über die Flamme, dann eindringlich: „Du sagtest, du hast eine Frau. Liebst du sie?" „Ja", zögerte er, „nein, ich weiß es nicht, sie ist eben meine Frau."

Das Kerzenlicht verlangsamte die Zeit, beruhigte und tönte die Stimmen rund, der Wechselklang kam aus ihnen. Ein Gespräch entspann sich, wie sonst nur im Halbschlaf, ruhig, leise, voller Pausen und ohne Lügen.

Maia fragte: „Liebst du mich?" „Ja."

Die Flamme beunruhigte die Schatten, Abbild der Dinge, und ihre Gedanken waren gleichmäßig.

Sie: „Wundert es dich nicht, dass du mich liebst, mich, die du glaubst, erst kurze Zeit zu kennen?"

Er: „Doch. Ohne diese Liebe hätte ich wohl keine Zweifel."

Die Flamme beunruhigte die Schatten, Abbild der Dinge, und ihre Gedanken waren gleichmäßig.

Sie: „Gibt es hier sonst nichts, an das du dich erinnerst?"

Er: „Ich weiß nicht, vieles das verwirrt und eine Kleinigkeit vielleicht: Es ist der Geruch in diesen Räumen."

Die Flamme, die Schattenbilder, gleichmäßige Gedanken.

Sie: „Der Geruch, das ist nicht viel, aber immerhin..."

Die Flamme erhellte dunkle Abbilder, Gedanken waren ruhig.

Er: „Aber ich erinnere mich an alles aus der Stadt, auch wenn sie mir nach drei Tagen merkwürdig fern scheint."

Sie: „Drei Tage? Ich weiß nicht, wie du auf drei Tage kommst, ich pflege dich seit neunundzwanzig Tagen."

Die Flamme verdrängte die Dunkelheit und schuf Schatten.

Er: „Du musst dich täuschen."

Sie: „Nein, es ist sicher, mein Blut hat mir deine Rückkehr angekündigt, und als du gesund wurdest, habe ich wieder geblutet."

Er: „Das kann nicht sein, spätestens nach einer Woche hätte das Amt Nachforschungen angestellt; Louise, meine Frau, hätte mich gesucht..."

Der Flammenschatten tanzte in sich, dazwischen die Worte.

Sie: „Bastóc, Louise und wasimmer du mit 'Amt' meinst, sie können dich nicht suchen, weil es sie nicht gibt."

Er: „Ich habe mein ganzes Leben in der Stadt ver-
bracht."

*Die Flamme schuf Schatten, um sie, die Gedanken, ein
Tanz, gleichmäßig.*

Sie : „Du warst einige Tage in den Gärten, und sie haben
dir ein ganzes Leben in der Stadt vorgegaukelt."

Er „Die Stadt. Meine Stadt." Er hielt einen Moment
inne, fuhr fort: „Ich kann sie dir nicht beweisen, aber
kannst du beweisen, was du sagst?"

*Ihre Gedanken flossen ruhig, die Flamme ein Feuer und
Abbilder, Schatten.*

Sie: „Nein, die Wirklichkeit ist nicht zu beweisen.
Ebenso gut könnte der Träumer versuchen zu beweisen,
dass er träumt. Die Wirklichkeit ist eine Frage des Glau-
bens und der Gewohnheit. Mein Wirken ist dir Hilfe,
Vertrauen zu sammeln."

Er: „Wer sagt denn, dass ich dies nicht alles bloß
träume?"

Sie: „Niemand. Glaubst du, dass du alles nur träumst?"

*Die Flamme warf Helligkeit um einen Gedanken, am
Mauerwerk der Schatten.*

Er: „Nein. Neinnein, da bin ich sicher."

Sie: „Du bist dir sicher? Du hast viel Phantasie, glaubst
an zwei Wirklichkeiten. Aber ich versichere dir: das
Dorf ist deine Welt. Ich glaube dir, dass du glaubst, in
einer Stadt gewesen zu sein. Aber diese Stadt wirst du
nie wieder erreichen. Dieses Dorf und deine Stadt schließen einander aus."

Die warme Flamme, belebte die Schatten, miteinander

konkurrierend, die Gedanken.

Er: „Das ist nicht richtig. Deine Vorstellung vom Dorf schließt die Stadt aus. Meine Vorstellung von der Stadt aber schließt das Dorf mit ein."

Sie: „Wenn du aus einer Stadt kommst, musst du sie auch wieder erreichen können, wie stellst du dir das vor? Zurück in die Gärten? Sie geben nie zweimal das gleiche Bild, und nie was man wünscht."

Schattenbilder ineinander, übereinander, inmitten die Flamme und Gedanken.

Er: „Nein, wenn ich Recht habe, ist die Stadt nicht in den Gärten, sondern an der Bahnlinie, deren nächste Station in der Ebene liegt, durch die der einzige Weg des Dorfes führt, zwei Stunden Fußmarsch etwa."

Sie: „Der Weg in die Hitze? Er ist gefährlich, du müsstest bald umkehren, oder die Hitze würde dich vernichten. Niemand ist auf diesem Weg je an ein Ziel gelangt."

Er: „Niemand. Das bedeutet, niemand hat es versucht?"

Flammenschatten flackerten vor der klaren, nun schmalen Flamme, Gedankendichte.

Sie: „Einige haben es versucht. Sie kamen nicht wieder."

Er: „Ist euch nie der Gedanke gekommen, dass sie jetzt woanders sein könnten?"

Flamme, gleitende Bewegung zwischen den Schatten um die Gedanken.

Sie: „Die, die es ebenfalls versucht haben, dachten ähnlich. Sie sind in der Hitze verloren gegangen."

Er: „Ich bin aus einer sehr lebendigen, brodelnden Stadt gekommen, wo diese wahrscheinlich jetzt sind, als Lebende, so wie ich als Lebender gekommen bin, auf dem Weg, der zu einer Bahnstation führt, von der eine Bahn in die Stadt fährt."

Warme Flamme, die Schatten im lichtlosen Kreis, ab vom Feuer, dem Gedanken.

Sie: „Das ist nur ein Gaukelbild. Die Geschichten der Gärten sind oft in sich geschlossen und dann voller Gefahren, aus denen nur schlafwandlerisch ein Entrinnen ist."

Das flackernde Licht wie ein anderes Lachen, auch noch in den Gedanken.

Er: „Ich habe in einem Garten geträumt, aber nur kurz, ein Albtraum von meinem Tod."

Sie: „Ah, eine Unebenheit, eine Bruchstelle in deiner Geschichte. Der Garten hat etwas in dir angesprochen und dich schonend im Schlaf verjagt, du warst zulange in ihm."

Die Flamme verlor an Kraft, Platz für lichtscheue Schatten um die Gedanken.

Er : „So kommen wir nicht weiter, so klärt es sich nie. Ein Vorschlag, der mein Plan ist: Ich gehe den Weg zurück. Gelange ich auch nach vier Stunden an kein Ziel, muss ich zugeben, dass meine Vorstellung falsch ist. Aber ich werde zur Bahnlinie und dann in die Stadt gelangen. Dort regle ich einige unvermeidliche Angelegenheiten, und dann komme ich befreit zurück zu dir."

Sie: „Tu es nicht. Befreien kannst du dich an jedem Ort, solange du nur zugegen bist. Dein Plan führt ins Verderben. Einige Stunden hin, einige Stunden zurück, in der ewigen Hitze, die kein Weg ist."

Unruhige Flammenschatten wuchsen über die Flamme,

das Feuer änderte geduldig die Form auch ohne Gedanken.

Er: „Es ist die einzige Möglichkeit, mich zu überzeugen. Ich werde den Weg gehen und wiederkehren."

Die Flamme belebte Maias Schatten, wie er ihr Forschen, Zögern nachahmte, Abbild nur, und Bastóc fühlte ihren Kuss, seine Stille, die Gedanken ..., erstaunlich, die geheimen Bilder, aufgebracht, dennoch, deswegen:

Sie: „Wenn du dich auch jetzt nicht erinnern kannst, dann versuche es. Kehre bald wieder um, ich will dich nicht noch einmal verlieren."

Die Flamme belebte Abbilder, ein schwankendes Lachen.

Er: „Nach spätestens zehn Tagen bin ich wieder da."

Die Flamme flackerte.

Sie: „Nach spätestens einem Tag haben wir dich verloren."

Die Flamme konnte zwar die Schatten, aber nicht ihr Schweigen mehr beleben, die Gedanken geleiten Bastócs Schatten zur Tür, stumm, die Flamme belebte ihre Abbilder zum heimlichen Gruß.

Unzufrieden mit dem Tanz der Schatten an diesem Feuer erstickte Maia die Flamme, später, nicht für immer.

9. Das Dorf

Von Maia angehalten, noch einen Tag im Dorf auszuruhen, hatte Bastóc eingewilligt. Als er aus dem kleinen Haus trat, war der Tag heiter, der Himmel einfach nur blau und mit einer Sonne, die ihre Strahlen auf dem Platz zwischen den Hütten in das Aroma offener Säcke legte, die zum Trocknen ein Alter hierher gestellt hatte,

der jetzt etwas entfernt im Schatten saß und ihm freundlich zunickte. Bastóc grüßte auch, verscheuchte erfolglos
einen Moskito und ging weiter in der Absicht, Zu-
schauer zu sein. Aber sobald er sich einer Gruppe näherte, war er Mittelpunkt stürmischer Begrüßungen,
Fragen, Scherzen. „Bastóc, Bastóc, Bastóc ist wieder
da!", sangen die Kinder um ihn herum. Nachfragen, gute
Wünsche und anscheinend Zusammenhangloses von
den Älteren, kleine Obstgeschenke, Herzliches, das er
nicht erwidern konnte und ihm die Situation unangenehm machte.

Einer, der an Masken arbeitete, erweckte mit seiner Tätigkeit Bastócs Neugierde, und er ging etwas näher.

Bastóc: „Hallo."

Der Andere: (unterbrach seine Arbeit, lachte) „Hallo Bastóc."

Bastóc: „Was sind das für Masken, die du herstellst?"

Der Andere: „Herstellen? Ich mache Masken. Ich mache
immer die Masken."

Bastóc: „Mir gefallen deine Masken, sie sind so farben-
froh und lebendig, vielseitig und nicht erschreckend."

Der Andere: „Das freut mich Bastóc, es freut mich immer,
wenn dir meine Masken gefallen."

Bastóc: (lachte verlegen) „Wofür machst du die Masken?"

Der Andere: „Für das Fest der blassblauen Göttin."

Bastóc: „Was ist das für ein Fest?"

Der Andere: „Wir feiern es, um die blassblaue Göttin zu
erfreuen und dich zu begrüßen."

Bastóc: (verlegen) „Wann findet das Fest statt? Ich breche morgen auf und werde einige Tage nicht hier sein."

Der Andere: „Es ist alles arrangiert, du wirst beim Fest dabei sein."

Bastóc sagte unverständlich betont etwas wie „Das freut mich", verabschiedete sich (lachte verlegen) und ging einer Gruppe Kinder entgegen, deren Begrüßungen er jetzt vorsichtshalber vertraut erwiderte. Mit ihnen konnte er sich etwas befreiter unterhalten, weil er annahm, vor ihnen seine anscheinend seltsame Unkenntnis nicht verbergen zu müssen, und so konnte er mit weniger Scham fragen: „Was sind das für Männer, ohne Kleidung im Gras?" Die Kinder riefen hell: „Die Tänzer, das sind die Tänzer!" „Was für Tänzer?" „Die später tanzen, auf dem Fest, zusammen mit Nub." „Wer ist Nub?", und augenblicklich verstummten die Kinder. Um sie war Stille und Bastóc fand schon wieder kein Wort, bis eine Kleine ihre Augen nicht erhob und leise sprach: „Nub ist der, der tanzt." Dann gingen die Kinder.

Die Stille wich einer Hitze, die Bastóc als Vorwand nutzte, in die Sicherheit des Hauses zu flüchten, sich im Halbdunkel auszuruhen. Maia war mit Vorbereitungen von Speisen beschäftigt, deren Gerüche seine Gedanken belebten. „'Fremd' ist eigentlich nicht das richtige Wort, es ist beinah mehr so, als wenn ich meine Rolle nur nicht kenne ..., also doch fremd .... Das Dorf erstaunt mich ... sogar sehr ... gefällt es mir."

Am Abend kam es zu einem kleinen Streit mit Maia, weil sie sich weigerte, ihm seine Sachen wiederzugeben. Sie behauptete, er hätte nie andere gehabt als „die du jetzt trägst", und die er in einem Schrank ihrer Hütte gefunden hatte. Die Mappe mit den amtlichen Unterlagen war ebenfalls verschwunden, und Maia lachte ihn aus, als er die Vermutung äußerte, sie habe alles verbrannt. Eine Armbanduhr gab sie vor, gar nicht zu kennen.

Aber Bastóc konnte ihr nicht lange böse sein, beim Einschlafen nahm er sich vor, ihr eine schöne Uhr aus der Stadt mitzubringen.

Nachts träumte er von Louise, als sie noch jünger und verliebt waren.

10. Rückweg und Ankunft

„Kehre zeitig um", bat Maia ihn, und Bastóc schaute nicht mehr nach der kleinen Gruppe, die ihn bis an den Dorfausgang gebracht hatte.

Er fühlte eine Anspannung, darum ging er zügig. Kaum hatte er die beiden Felsbrocken passiert, von denen er wusste, dass sie den Blick auf das Dorf versperrten, wurde er ruhiger und begann in Gedanken, die Trennung von Louise vorzubereiten. Weder spürte er die aufkommende Hitze des Tages, noch hatte er einen Blick für die rötlich karge Landschaft - er malte sich die bevorstehende Szene mit Louise aus. „Ich sage einfach die Wahrheit ... Welche Wahrheit? ... Sie wird es nicht verstehen ... Verstehe ich es? ... Sie wird verzweifelt ... oder wütend ... wenn überhaupt. Oder es ist ihr egal? ... Nein, sie ... wird sich vielleicht sogar freuen ... Ich habe keine Ahnung, wie sie reagieren wird. So lange bin ich schon mit ihr verheiratet und ich kenne sie kaum. ... Oder kenne ich sie doch? ... Sie wird eine finanzielle Absicherung wollen. ... Das meiste gehört mir. ... Marcello und Marcina! ... Die Kinder ... ich habe die Kinder vergessen ... Habe ich Kinder? Das kommt mir so merkwürdig vor. Ich weiß kaum, wie sie aussehen? Kann das sein? ... Wirklich, etwas stimmt nicht mit mir ... Auch Louise sehe ich in Gedanken jünger, als sie jetzt schon ist ... Bin ich am Ende verrückt geworden? Und wenn schon! Ich werde mich trennen. Und für die Kinder ist es besser, keinen Vater zu haben, als so einen schlechten, wie ich es bin. ... Ich habe es noch nicht einmal gemerkt, all die Jahre. ... Für sie ist es wirklich besser ... sie können im Dorf Urlaub machen ... vielleicht gefällt ihnen das sogar. ... Und Louise bekommt alles, das Geld, die Lebensversicherung, die Aktien, die Wohnung. ... Sie hat schließlich die Kinder. Ich fange neu an. ... Ich fange neu an ... ein neues Leben ... von allem befreit. ... Es ist das Beste ... wenn Louise und die Kinder mir so fremd sind. ... Einfach alles zurücklassen und neu anfangen."

Die Felsen warfen kaum noch Schatten. Die Sonne, fast senkrecht, schlich sich in Bastócs ungeschützten Kopf. „Wovon lebe ich im Dorf? Was arbeiten sie? Wo verkaufen sie? Ich glaube, sie handeln gar nicht, sie versorgen sich selbst ... aus den Gärten ... Das gefällt mir ... Einige Dinge werden mir fehlen ... aber nein."

Die helle Hose voll rötlichem Staub.

„Die Bewohner sind so fröhlich ... so anders ... so angenehm ... und ich? Wie werde ich sein und wer? ... Der

Geschichtenerzähler, ein Scherz ... eine Möglichkeit ... Eine merkwürdige Möglichkeit."

Nur Sonne Staub und Bastóc.

„Geschichtenerzähler. Kann ein Fremder nicht nur als Geschichtenerzähler heimisch sein? ... Kann ich Geschichten erzählen? ... Ein, zwei Dinge hätte ich schon im Kopf ... Begebenheiten aus der Stadt ... Ich müsste nur noch die Worte dazu aussprechen."

Die Sonne stand weiß am Himmel und zwang Bastóc, sie zu beachten. „Es ist Mittag, ein halber Tag ist um." Aus seinen Gedanken aufgeschreckt sah er hin und rechnete, rechnete die Länge eines Frühlingstages (nie konnte ein Frühlingstag so heiß sein), die Hälfte zur Mittagszeit, war sich nicht sicher, wie viele Stunden ein halber Tag in dieser Jahreszeit hat, schätzte vier, sechs oder drei, dachte, dass er die Station längst hätte erreicht haben müssen; überlegte, ob er zu langsam gewesen war, unverantwortlich Gedanken nachgehangen hatte, entschloss sich schneller zu gehen, trotz der Hitze, um in die Stadt zu gelangen, mit der er einzig durch sein schlechtes Gewissen noch verbunden war.

Er hatte den Weg verloren. Roter Staub von seinen Knien bis in die Weite, Felsen und kein Weg. Er ging einige Schritte zurück, erst suchend, dann erschrocken, kurz nüchtern, schon verzweifelt. Der Weg blieb verloren.

Der Weg, den er erinnerte, war nicht zu verlieren. Jener war eindeutig und verlässlich gewesen.

Bastóc wollte umkehren und zögerte, zu oft hatte er

schon beim Suchen die Richtung gewechselt. Die Stunde, in der die Sonne keinen Schatten wirft, und selbst wenn, Bastóc war sich noch nicht einmal sicher, ob sie bei seinem Aufbruch links oder rechts von ihm gestanden hatte. Er flehte um Schatten, um ein paar Minuten nur dort ausruhen zu können, überzeugt, das allein sei schon eine Lösung. Nur gab es für ihn nirgends Schatten.

So irrte er seine eigene Ewigkeit der immer gleichen Weite entgegen und hatte keine andere Erinnerung als Hitze und Staub, und die Wüste war ihm das Leben, und bald der Tod.

Und so fanden ihn Maia und die anderen, unweit des Dorfes, blind von Staub und Blendung. Sie gaben ihm Wasser, und er erbrach es. Sie reinigten seine Augen, und er wollte nicht sehen. Sie fragten ihn „wer bist du?", und er sagte: „Bastóc, der Geschichtenerzähler."

Zweite Geschichte:
Das Institut

1. Die Forschung

Das Institut befindet sich außerhalb rechtstaatlicher Kontrolle, von Bäumen und einem hohen Zaun umgeben. Die Versuchsobjekte sind von der Gesellschaft vergessene Menschen, deren Verbleib niemanden interessiert. Diese Menschen nicht zu kennen, ist eine Erleichterung.

Lange Flure sich ewig wiederholender Kacheln ziehen sich als steingewordene Monotonie durch die Flügel des klotzigen Gebäudekomplexes. Die Türen in den Wänden der Flure führen zu den Zellen und Räumen der eingekerkerten Versuchspersonen. Alles ist glatt, poliert und mit unfreundlichem Licht ungünstig beleuchtet. Einzig die Wände einiger Zellen sind uneben und porös von den vielen Schichten ungleichmäßig abblätternder Erinnerung.

Der Mensch im Stein.
Isolationsexperimente gelten als besonders ergebnisfreudig, institutsintern schätzt man sie darüber hinaus als kostengünstige und leicht zu organisierende Versuche. Die entscheidenden Empfindungen notiere ich sorgsam in chronologischer Reihenfolge an der Wand. Es ist hier nicht viel Wand, aber ich schreibe klein, der Platz wird mir nicht ausgehen. Da ich keine Schreibwerkzeuge habe, können die Wächter es nicht lesen:

Sonne, dein Licht kann
in den Raum zu mir nicht reichen!
Darum werd' ich selbst es hierher tragen.
Wind, dein Atem erreicht mich nicht!
Darum entfache ich den Sturm in mir.
Wasser, dein weiches Schmeicheln wiegt
mich nicht mehr in Geborgenheit.
Nur ist jetzt in mir ein See, dort tauche ich.
Feuer, Deine Liebe und Deinen Hass
muss ich entbehren!
Nur wird das Feuer in meiner Brust
erbarmungsloser als du selbst.
Die Erde ist auf graue Wände nun beschränkt,
eintönig und eben, wie sie mir sonst nicht war.
Darum bin ich mir hier
selber Welt genug.

Das wissenschaftliche Personal ist in weit misslicherer
Lage als die Gefangenen. Die in Isolationshaft verker-
kerten Versuchsobjekte sind längst in Welten der Phantasie geflüchtet und haben dort mitunter spirituelle
Meisterschaft erlangt. Sie gleichen Eremiten oder Mön-
chen, die sich in abgelegene Bergregionen schweigend
zurückgezogen haben.
Das wissenschaftliche Personal muss in seinen Körpern
verbleiben und einen Dienst nach Plan und darüber hinaus in dem trostlosen Gebäude verrichten. Motiviert
sind sie von einer gefühlsentfremdeten Pseudoforschung,
die in erster Linie der Kompensation ihrer Lebensleere

dient. So entfernen sich die Wissenschaftler in diesem Gebäude stetig immer weiter von ihren ungedachten Wünschen.

Zudem tauchen hin und wieder unangemeldet Personen auf, welche die Gefangenen aus ihrer unerschöpflichen Phantasie in dieses Gebäude mitgebracht haben. Transparente Erscheinungen, die Kreidemuster an die Wände der Gänge schmieren und sich jeder genaueren Betrachtung entziehen, strapazieren die Nerven der überarbeiteten Angestellten aufs Äußerste.

In einem der zahllosen Isolationsräume ist ein junger Mann, der sich Bastóc nennt. Er hat viele Gedanken im Kopf und kann sie in keine Ordnung bringen. Auch sind die Gedanken der Art, dass sie sich nicht einordnen lassen. Weil ihm keine andere Wahl bleibt, sieht er es ein und behält die Gedanken ungeordnet im Kopf. Dort entwickeln sie sich gut und werden immer feiner. Vielleicht deswegen darf er seine Zelle nicht mehr verlassen. Natürlich verlässt er sie manchmal trotzdem, aber heimlich. Einmal bekommt er in einer Stadt den Auftrag, mit einer Bahn in ein Dorf zu fahren und die Bewohner über die veränderte Situation im Land aufzuklären. Der Auftraggeber ist das Amt seiner Stadt. Das Dorf liegt abgeschieden.

Er kommt in das Dorf und niemand glaubt ihm. Sie sagen, er habe schon immer dort gelebt, sei der Geschichtenerzähler des Dorfes. Die Stadt existiere nur in seiner Einbildung, könne nur in seiner Einbildung existieren, denn außer diesem Dorf gäbe es gar nichts.

Aus irgendeinem Grund bekommt der Mann Fieber, vielleicht von den Strapazen der Reise oder dem veränderten Klima. Eine Frau, die sich Maia nennt und sagt, sie sei schon immer seine Geliebte gewesen, pflegt ihn. Ihm kommt das merkwürdig vor, denn er erinnert sich, eine Ehefrau in der Stadt zu haben, und er kann seine Gedanken schon wieder in keine Ordnung bringen. Schließlich fragt er sich, ob die Stadt nicht doch nur ein Traum war, sie erscheint ihm weit weg und unwirklich.

Aber er kommt wieder zu Kräften und Zweifeln und will Klarheit über die Stadt hinter der Wüste, aus der er kam. Entgegen aller Ratschläge der Dorfbewohner macht er sich auf den Weg zurück in die Stadt, glaubt sich zu verlaufen, ist auch von der gerade überwundenen Krankheit geschwächt, bricht unter sengender Sonne in der wüsten Einöde zusammen und gibt die Stadt auf. Andere bringen ihn zurück in das Dorf und zu Maia. Der Mann bleibt Geschichtenerzähler des Dorfes.

Eine Arbeitsgruppe des Instituts befasst sich mit der psychologischen Urgeschichte des Menschen. Davon ausgehend, dass Wahnsinn die Quelle aller Religiosität ist, wurden hier Glaubensmodelle früherer Zeiten rekonstruiert, indem die wiederkehrenden Muster im psychotischen Denken der Isolationsobjekte mit archäologischen Indizien wie Pfeilspitzen, Knochenfunden und Höhlenmalereien und mit völkerkundlichen Beobachtungen wenig zivilisierter Ethnien, sowie mit dem Verhalten einiger ausgewählter Primatenarten verglichen und verknüpft wurden, und zwar nachdem das Ganze mit hominiden Erbgutbefunden in ein wohlabgewogenes Verhältnis gesetzt worden war.

Die in den Versuchen gewonnenen Daten werden in dem unterirdischen Archiv des Instituts gesammelt. Der Unternehmensphilosophie entsprechend, die besagt, das Einzelteil werde motiviert, wenn es vom Ganzen erfährt, finden darüber hinaus in der ebenfalls unterirdischen Kapelle des Gebäudes regelmäßig Kolloquien und Symposien statt, in denen Forschungsgruppen ihre Ergebnisse in Form kleiner erbaulicher Vorträge interessierten Mitarbeitern anderer Abteilungen vorstellen.

Das Forschungsinstitut liegt außerhalb. Aber nichts liegt außerhalb von allem. Das Forschungsinstitut liegt innerhalb einer natürlichen Landschaft mit weiten Ebenen und tiefen Wäldern. Auch ohne Fenster reisen die Gedanken der Insassen immer tiefer in die Wälder und verschlingen sich mit den Erlebnissen der imaginären Bewohner. Ohne dass ein Mitglied des wissenschaftlichen Stabs es bemerkt hätte, ist der Wald auf das Institut aufmerksam geworden. Doch noch laufen die Versuche im Institut weiter wie seit Jahren.

Trotz aller Bemühungen, den Mitarbeitern des Instituts private Freiräume zu schaffen, machen sich nach Jahren der Forschung immer mehr Symptome von Überarbeitung bemerkbar. Auch die ungezügelten und unkontrollierten Phantasien der Versuchsobjekte stellen eine erhebliche Belastung für das emotionale Empfinden der Wissenschaftler dar.

Ein kleiner Freundeskreis von Forschern hat es sich daher zur Angewohnheit gemacht, in der freien Zeit bei schönem Wetter kleine Exkursionen in die Umgebung zu machen, um zum Beispiel ein anregendes Picknick an einem malerischen Bachlauf abzuhalten. Ihnen ist nicht bewusst, dass sie durch diese Ausflüge eine neue Handlung beschleunigen.

Bin Herr und Sklave der Worte. Maia, meine Geliebte, schon immer. Ich, der Geschichtenerzähler. Das sind die Worte.

Bastóc verlässt inzwischen regelmäßig seine Isolationszelle, um das Dorf zu besuchen. Den in seiner Zelle installierten Aufzeichnungskameras entgehen diese Ausflüge.

Eine junge Ärztin aus dem Freundeskreis, der regelmäßig die Ausflüge in die Umgebung macht, hat das Gefühl, zunehmend in ein Räderwerk aus Routine zu geraten, das ihr einen klaren Blick auf die Experimente versperrt. Daher lässt sie sich immer häufiger zu Nachtschichten einteilen. Nachtschichten sind unter den aufstrebenden Wissenschaftlern nicht beliebt, da sich hier kaum Daten gewinnen lassen, denn die meisten Versuchsobjekte schlafen. Die Ruhe der Nacht gibt ihr aber die Gelegenheit, die Experimente zu durchdenken. So sitzt sie häufig im Aufzeichnungsraum, blättert die Berichte der Tagesschicht durch und starrt nachdenklich auf die Bildschirme, auf denen die Schlafenden in ihren Zellen zu sehen sind.

Plötzlich schrickt sie zusammen. Auf einem der sechzehn Bildschirme ist zu sehen, wie ein eben noch Schlafender mit einem Ruck aufsteht und nun gerade im Raum steht. Es ist Bastóc, ein Isolationsobjekt, das die Zelle seit Gründung des Instituts noch nie verlassen hat. Er geht näher zur Kamera, von deren verborgenen Existenz er nichts wissen kann, und scheint sie über den Bildschirm direkt anzuschauen. Er beginnt zu sprechen, als wisse er von den Mikrofonen. Und obwohl sie weiß, dass der Gedanke unsinnig ist, kommt es ihr vor, als spreche er zu ihr, hastig und eindringlich zugleich: „Religion versucht nicht-stoffliche Zusammenhänge in Worte zu fassen. Doch dafür sind Worte nicht geeignet. Worte zwängen dem Nicht-Stofflichen die Regeln der Grammatik auf, doch das Nicht-Stoffliche ist ohne Grammatik."

Er machte eine kurze Pause, holte Luft, schien sich dadurch zu entspannen und fuhr langsamer, mit einem fast nachsichtigen Tonfall fort: „Religionen liegt eine anständige Absicht zu Grunde: Jemand hat ein außergewöhnliches Erlebnis in nicht-stofflichen Bereichen, einer höheren Sphäre, gemacht. Nun will er anderen dieses Erlebnis auch verschaffen. Und weil er sich an seine Handlungen vor dem außergewöhnlichen Ereignis erinnert, empfiehlt er anderen dringend, sich genauso zu verhalten. Er denkt: Ich habe niemals meine Frau betrogen. Deswegen habe ich dieses Erlebnis gehabt. Also formuliert er daraus eine Regel: 'Betrüge niemals deine Frau!' Oder: 'Bete fünfmal täglich!' Oder: 'Ehre Vater und Mutter!' Oder: 'Sage immer die Wahrheit!' Oder: 'Trinke keinen Alkohol!' Oder: 'Hüpfe vor dem Schlafengehen dreimal auf dem rechten Fuß!'

Doch er begeht einen Irrtum. Zwar hat er irgendeine dieser Handlungen getan und dann das außergewöhnliche Erlebnis gehabt. Er hat das außergewöhnliche Erlebnis aber nicht gehabt, weil er diese Dinge vorher getan hat.

Vielmehr hat er das außergewöhnliche Erlebnis allein deswegen gehabt, weil er von der höheren Sphäre eingeladen worden ist. Zwar kann es sein, dass seine Handlungen ihn in eine besondere Stimmung versetzt haben, er vielleicht ein reines Gewissen und eine besondere innere Ruhe durch das fünfmalige Beten hatte, und vielleicht hätte er ohne diese besondere Ruhe die Einladung gar nicht bemerkt. Aber das ist keineswegs zwangsläufig so - und vor allem können bei anderen Menschen und unter anderen Umständen andere Handlungen die nötige Empfänglichkeit schaffen.

Darum sollte jemand, der bei seinem außergewöhnlichen Erlebnis Regeln mit auf den Weg bekommt, diese auch keinesfalls anderen vorsetzen. Denn diese Regeln gelten für niemanden außer für ihn selbst. Es hieß nicht: 'Niemals soll jemand einen anderen Menschen töten!' Vielmehr lautete das Gebot: 'Du sollst nicht töten!' Und es meinte: 'Töte keinen Menschen, töte keine Kuh, kein Schaf, keinen Fisch! Wenn aber ein anderer eine Kuh tötet und dir das Filetstück anbietet, kannst du es ruhig essen!'

Es war nötig, Moses diese Regeln mit auf den Weg zu geben, denn er war ein gewalttätiger Mensch. Andere brauchten derartige Regeln nicht, denn sie kamen sowieso nicht auf die Idee, jemanden zu töten. Denen wäre vielleicht das Gebot mitgegeben worden: 'Vertraue dir selbst und zaudere nicht!'

Und auf gar keinen Fall ist gemeint gewesen: 'Bestrafe die, die sich nicht an die Regeln halten, die nur für dich gemacht worden sind!'

Ich hoffe, mich verständlich ausgedrückt zu haben. Und nachdem ich mit der Religion aufgeräumt habe, kommt die Wissenschaft dran. Wissenschaft ist auch nicht gültiger als Religionen.

Wissenschaft beschäftigt sich mit dem stofflichen Teil der Sphäre, in der wir uns befinden. Wissenschaft beschäftigt sich also nur mit einem winzigen Ausschnitt des Seins. Innerhalb dieses kleinen Ausschnitts funktionieren die dort aufgestellten Regeln - zumindest meistens. Somit ist die Wissenschaft durchaus ein sinnvolles System, wenn es darum geht, Erkenntnisse über die stoffliche Welt dieser Sphäre zu vermehren. Dagegen ist die Wissenschaft keineswegs geeignet, andere Bereiche des Seins zu erklären. Sie reicht weder in die Nachbarsphären noch in die nicht-stofflichen Bereiche des Seins. Diese liegen außerhalb ihres Wahrnehmungsradius. Daher ist es unlogisch, Erkenntnisse der Wissenschaft auf nicht-stoffliche Bereiche anzuwenden. Es wäre absurd zu sagen: 'Es existiert keine Seele, denn sie ließ sich wissenschaftlich nicht nachweisen.' Und tatsächlich tut dies auch kaum ein Wissenschaftler, denn sie sind sich durchaus bewusst, dass es Teile des Seins gibt, die sich mit ihrer Methodik nicht erfassen lassen.

Umso erstaunlicher ist es, dass wissenschaftliche Erkenntnisse benutzt werden, um eine 'Erkrankung der Seele' zu diagnostizieren. Der Begriff beschreibt etwas, für das den Wissenschaftlern die Erklärung fehlt.

Und so ist es unanständig, mit aus Methoden der Wissenschaft gewonnenen Erkenntnissen an sogenannten 'Erkrankungen der Seele' herumzudoktern. Hier wird eine in der stofflichen Welt gefertigte Schablone auf einen der Wissenschaft unbekannten nicht-stofflichen Bereich gelegt.

Die wesentlichen Ereignisse in den Isolationszellen werdet ihr nicht ergründen können. Dieses Institut ist ein Irrweg!"

Die junge Ärztin schrak zusammen. Ihr Kopf lag zwischen ihren Händen auf der Tischplatte. Sie war während des Dienstes eingeschlafen. Mit schnellem Blick überprüfte sie die Bilder auf den Monitoren. Erleichtert stellte sie fest, dass alle Versuchsobjekte schliefen.

2. Leon

Aus dem Wald war ein Mann bis an die Umzäunung des Instituts herangekommen. Er wandte sich an den Wächter: „Ich bin Leon. Ich möchte mich hier umsehen."

Der Angestellte des Instituts antwortete beflissen und ohne sich eine Sekunde über seine Worte zu wundern: „Das ist nicht erlaubt. Doch sehe ich keinen Grund, es zu verhindern."

Leon bedankte sich. „Wenn sie mir jetzt noch den Zentralschlüssel geben und mir sagen, in welchem Raum ich Bastóc finde, werde ich Ihnen nicht weiter zur Last fallen."

„Aber nicht doch, sie sind mir keine Last."

Und so öffneten sich Leon alle Türen, denn für alle und jedes gibt es einen Schlüssel.

Auf seinem Gang durch das Institut musste Leon lachen über die Einfältigkeit der Wissenschaftler. „Hier wird vieles gespalten und isoliert. Doch ist da niemand, der vereint und von außen auf das Ganze schaut."

Allen Wissenschaftlern, den er auf dem Weg zu Bastócs Zelle begegnete, teilte er mit, dass das Institut nun aufgelöst sei und die Existenzberechtigung verloren habe. Die Nachricht verbreitete sich wie ein Windstoß im ganzen Haus. Einige Wissenschaftler und technische Angestellte protestierten, aber sie konnten Leon nicht stoppen, denn sie wagten es nicht, sich seiner höflichen Entschlossenheit in den Weg zu stellen. Als klar wurde, dass das Ende des Instituts unausweichlich war, kam es zu Tumulten: Institutstüren wurden geöffnet, Versuchsobjekte strichen neugierig durch die Räume, Wissenschaftler machten sich gegenseitig lautstarke Vorwürfe, Ärzte rissen sich ihre Kittel vom Leib, schrien, tanzten, lachten oder weinten und zerwarfen einige Fensterscheiben. Andere bewahrten sich einen Rest ihrer wissenschaftlichen Objektivität und versuchten mit abmontierten Überwachungskameras die Szenen festzuhalten, in der Hoffnung, sie später auswerten zu können. Doch bald wurde auch ihnen klar, dass eine derartige Analyse in diesem Institut nicht mehr würde stattfinden können.

Leon schloss Bastócs Isolationsraum auf und trat ein. Bastóc lächelte ihn wenig überrascht und wohlwollend an. Leon sagte: „Hallo Bastóc. Ich möchte mit dir in das Dorf gehen. Wir sollten sofort aufbrechen." Bastóc nickte, stand auf, und sie verließen zielstrebig die Zelle.

Eine junge Ärztin, der es gelungen war, in dem Chaos einen halbwegs klaren Kopf zu bewahren, stellte sich ihnen in den Weg. Es war dieselbe, die in einer Nacht während des Dienstes eingeschlafen war und Bastóc über Religion und Wissenschaft hatte reden hören. Sie verlangte von Leon zu wissen: „Wo gehen Sie hin?" „Ich begleite Bastóc in das Dorf", erwiderte Leon nüchtern. Die Wissenschaftlerin runzelte die Stirn: „Weit und breit gibt es hier kein Dorf." Leon zuckte mit den Achseln: „Wir gehen trotzdem." „Ich möchte mitkommen", entfuhr es der Ärztin spontan. Leon sah die junge Frau spöttisch an: „Wenn du das möchtest, kannst du gern mitkommen."

Sie verließen das Institut zu dritt. Im Freien war ein sonniger Tag, und als sie den Bachlauf entlanggingen, kam es der Ärztin fast vor, als sei sie auf einem Ausflug mit ihren Freunden. Leon und Bastóc gingen zügig und schweigsam, und sie hatte Mühe, mit ihnen Schritt zu halten. Dabei wäre sie gern langsamer gegangen, um die wechselnden Landschaftsbilder und Blüten, die ihr häufig völlig unbekannt waren, zu betrachten. Doch Leons entschlossener Schritt ließ keine Verzögerung zu. Nachdem sie einige Stunden derart durch die Landschaft gehastet waren, änderte sich die Vegetation. Bäume wichen einer kargen Einöde aus Stein und Staub. Leon blieb einen Moment stehen. Bastóc bemerkte: „Der Weg ist heute lang."

Die Ärztin schaute zum Himmel und hatte den Eindruck, die Sonne sei seit ihrem Aufbruch unverändert senkrecht am Himmel. Leon sah sie streng an: „Du verzögerst unseren Weg vorsätzlich. Aber solche Spiele können wir uns nicht leisten. In dieser Wüste kann eine halbe Stunde mehr oder weniger über Leben und Tod entscheiden. Und einen Weg zurück gibt es nun nicht mehr. Entweder wir erreichen das Dorf in einem Eilmarsch ohne Rast, oder wir sterben in der Wüste. Also konzentriere deine Kräfte!"

Die Ärztin kniff die Lippen zusammen. Sie wusste schon lange nicht mehr, wo sie sich befanden. Der Schweiß stand ihr auf der Stirn und ihre Kehle war ausgetrocknet. Sie nickte: „Ich bin bereit." Und so liefen sie in einem leichten Trab mehrere Stunden an den Grenzen ihrer Möglichkeiten durch die Wüste. Und als die Ärztin gerade entschlossen war, sich zu Boden fallen zu lassen und zu sterben, erreichten sie das Dorf.

Kinder kamen ihnen entgegen gelaufen, sprangen um sie herum und riefen freudig: „Maia und Bastóc sind zurück!" Dann verlor die junge Frau das Bewusstsein. Sie sah nicht mehr, wie Leon von den Älteren, die den Kindern gefolgt waren, mit viel Schulterklopfen begrüßt wurde.

Bastóc war den Wechsel vom Dorf in andere Sphären schon gewohnt und wusste, dass er der Wirklichkeit Zeit geben musste, sich einen Weg zu bahnen, und er bemühte sich, ihr dabei nicht im Weg zu stehen.

Maia dagegen hatte das Dorf zum ersten Mal verlassen und fand sich überhaupt nicht zurecht. Sie brauchte viel Schlaf und behutsame Pflege.

Als sie nach einigen Tagen das erste Mal aufwachte, saß Bastóc neben ihrem Bett. Er lächelte ihr zu und sie betrachtete ihr Versuchsobjekt wohlwollend. Für sich dachte sie: „Er ist zwar verrückt, aber ich mag ihn." Dann schlief sie wieder ein.

Als sie das nächste Mal aufwachte, brachte er ihr etwas Suppe und ein Getränk. Er war ihr merkwürdig vertraut. Dieses Gefühl verunsicherte sie sehr.

Sie kam sich etwas dumm vor, als sie ihn fragte: „Wer bist du?" Er antwortete: „Ich bin Bastóc, der Geschichtenerzähler des Dorfes. Und weißt du auch, wer du bist?" Sie wollte sagen: „Ich bin die Ärztin", aber es kam ihr ungenau, geradezu falsch vor, und so sagte sie stattdessen nachdenklich: „Die Kinder haben mich Maia genannt."

Bastóc sah sie forschend an: „Und wie nennst du dich?" Sie sah in seine Augen, und es fiel ihr nicht ein. Sie lachte verlegen, senkte den Blick und sagte: „Ich weiß nicht."

Bastóc lächelte wieder, aber es schien ihr, als verberge er dahinter einen Gedanken. Schließlich sagte er freundlich: „Es wird dir wieder einfallen. Schlaf erst noch ein wenig. Ich lege mich zu dir." Sie wollte protestieren, aber als er ihr nah war, schien sein Geruch ihr so vertraut, dass sie still blieb. Und bevor sie noch einen weiteren Gedanken fassen konnte, war sie wieder eingeschlafen.

Als sie zum dritten Mal nach einem weiteren Tag und einer weiteren Nacht aufwachte, lag Bastóc nicht neben ihr, und sie erschrak. Er fehlte ihr. Sie hörte im Nebenraum Geräusche, stand auf, hüllte die Decke um ihre überraschende Nacktheit und freute sich, als sie sah, dass Bastóc der Urheber der Geräusche war. Er stand in der Küche und bereitete eine Mahlzeit. „Du musst etwas essen", sagte er.

Sie setzte sich an den Tisch, und alles schien ihr vertraut. Er füllte ihr einen Teller auf, nahm sich auch etwas und setzte sich zu ihr. Sie aßen schweigsam, blickten sich ab und zu an, wohlwollend, forschend, die wundersame Situation ausmessend. Sie fühlte sich glücklich, als sei eine schwere Last von ihr genommen.

Nach dem Essen fragte Bastóc: „Hat es dir geschmeckt?"

Statt auf seine Frage zu antworten, sagte sie: „Ich bin mir nicht sicher, wer ich bin. Ich fühle, ich bin die, die sich in deiner Nähe wohlfühlt. Und ich erinnere mich, eine Ärztin in einem Forschungsinstitut gewesen zu sein, und du warst dort mein Versuchsobjekt. Aber es kommt mir falsch vor, wie ein Irrtum." Sie machte eine kleine Pause, sah Bastóc an und fragte: „Kannst du mir sagen, wer ich bin?"

Ihm lag auf der Zunge zu sagen: „Du bist Maia, meine Geliebte, schon immer", aber aus eigener Erfahrung wusste er, es würde ihr nicht weiterhelfen. Darum schlug er vor: „Warum ziehst du dir nicht etwas über, und wir spazieren ein wenig durch das Dorf?"

Die kleinen, gelb und weiß gestrichenen Holzhütten, die Gerüche aus den in der Sonne stehenden, offenen Säcken, die flinken Eidechsen an den Hüttenwänden, all das war ihr vertraut, und jedes Gesicht kam ihr bekannt vor. Wenn sie stehen blieben für eine kleine Plauderei mit anderen, stellte sie überrascht fest, dass sie ohne Nachdenken Einzelheiten aus dem Leben dieser Menschen kannte. Ein allgemeines Wohlwollen und freundliche Wünsche, kleine Obstgeschenke und Kinderscherze begleiteten ihren Weg.

Ein Stück weiter sahen sie eine Gruppe nackter Männer im Gras sitzen. „Wer sind die?", wunderte sie sich. „Setzen wir uns zu ihnen", schlug Bastóc vor, „dann kannst du sie selbst fragen."

„Wir sind die Tänzer. Darum sind wir nackt. Die Tänzer tanzen nackt.

Wir sind die Tänzer, keiner von uns ist der Haupttänzer. Wir tanzen nackt. Für die Kraft und für die Bewegung, und weil wir immer nackt im Schicksal sind.

Keiner von uns ist der Haupttänzer. Nub ist der, der tanzt. Wir tanzen nicht, wir ahmen die Bewegungen von Nub nur nach. Nub selbst erscheint im Laufe des Fests bei gutem Gelingen und tanzt mit uns. Wer nicht tanzt, vermag Nub nicht zu sehen. Wer nicht nackt tanzt, wird nicht von Nub berührt.

Wir tanzen nackt, wir werden von Nub berührt, wir sind nackt im Lauf des Schicksals. Wir tanzen um und durch euch alle, und wir berühren alle mit unseren Blicken. Nub hat uns berührt.

Wir sind die Tänzer. Wir tanzen mit Nub. Wir geben dem Schicksal eine erträgliche Form. Dafür ist das Fest, und dafür ist das Ritual."

Als sie aufstanden und weiter gingen, kam Leon ihnen entgegen und begrüßte sie fröhlich. Er sah die Frau wieder spöttisch an und fragte: „Und weißt du schon, wer du bist?"

Bastóc antwortete für sie: „Sie ist bald soweit."

Leon zog die Augenbrauen hoch: „Warum sagst du es ihr nicht einfach?" Ohne eine Antwort abzuwarten wandte er sich der jungen Frau zu und erklärte ihr: „Du bist Maia, Bastócs Geliebte, schon immer. Bastóc ist der Geschichtenerzähler des Dorfes. Es gibt nichts außer diesem Dorf. Das Dorf ist von Gärten eingefasst. Durch diese Gärten lassen sich alle denk- und fühlbaren Welten erreichen. Bastócs Aufgabe als Geschichtenerzähler ist es, in diese Gärten zu gehen, andere Welten aufzusuchen, zurückzukehren - und uns das Erlebte als Geschichte zu erzählen. Das ist die Aufgabe des Geschichtenerzählers, und er tat sie immer gut. Aber beim letzten Mal blieb er sehr lange in den Gärten, und er fand nur mit Mühe zurück. Und als er zurück war, erkannte er uns lange nicht, phantasierte von einer Stadt, einer Bahnfahrt und einem Auftrag. Er hatte sich zu lange in seiner Geschichte aufgehalten und hielt sie für die Wirklichkeit! Du hast ihn damals gepflegt, aber er musste erst in der Wüste verdursten, bevor er bereit war, sich wieder an das Dorf zu erinnern. Weil dich das sehr beunruhigt hatte, bestandest du darauf, Bastóc bei seiner nächsten Reise durch die Gärten zu begleiten. Wir waren nicht sicher, ob das eine gute Idee ist. Der Geschichtenerzähler ist schon immer allein gegangen. Auf der anderen Seite ist keine Regel für die Ewigkeit geschrieben, und wir kannten dich als eine außergewöhnliche Frau. Da wir dich sowieso nicht abhalten konnten, ließen wir es zu. Tatsächlich schien es uns angebracht zu sein, Bastóc eine an die Seite zu stellen, die ihn rechtzeitig an die Rückkehr erinnert, bevor er sich wieder in den Weiten der anderen Welten verirrt. Also gaben wir dir den Auftrag, ihn zu begleiten und im Auge zu behalten.

Ihr wart wie zwei, die sich aufgemacht haben, einen gemeinsamen Traum zu träumen. Wir wussten nicht, ob so etwas möglich ist. Es gelang euch, in dieselbe Sphäre zu kommen, doch ihr gerietet auf unterschiedliche Seiten derselben Handlung. Du wurdest die Wissenschaftlerin, er das Versuchsobjekt.

Wir konnten ja nicht ahnen, dass du, um ihn zu beobachten, gleich ein riesiges Gebäude um ihn errichten, ihn in eine Isolationszelle sperren und ein ganzes Forschungsteam auf ihn ansetzen würdest. Aber du bist eben sehr gewissenhaft in allem, was du tust. Schließlich warst du so sehr von deiner Arbeit eingenommen, dass sie zum Sinn deines Seins wurde. Sie wurde dir zur Falle. Dein ganzes Bewusstsein war von der Forschung im Institut eingenommen, dein wahres Leben hattest du vergessen. Bastóc bemerkte, was mit dir los war, aber er konnte dich nicht mehr erreichen. Immer wieder reiste er aus der Zelle, die du ihm zugedacht hattest, hierher, beriet sich mit uns und kehrte in das Institut zurück, ohne dass du auch nur einmal seine häufige Abwesenheit bemerkt hättest.

Schließlich ist es uns nur gelungen, dich zurückzuholen, indem ich Bastóc gefolgt bin. Wie du dich vielleicht nicht erinnerst, bin ich der Zauberpriester dieses Dorfes. Wir sind das Risiko eingegangen, jemand Drittes in eine Sphäre zu schicken, in der sich zu bewegen nur Bastóc gewohnt war. Glücklicherweise war ich durch unsere Beratungen vorbereitet und ließ mich nicht beirren. Als erstes löste ich dein Institut zügig im Ganzen auf und wandte dann einen Trick an: Statt deine Aufmerksamkeit wach zu rütteln, habe ich dich einfach als eine Ärztin, die nunmehr ohne Institut und Anstellung frei von scheinbaren Verpflichtungen war, mit hierher gelockt. Natürlich war Bastóc dabei eine große Hilfe. Denn obwohl es das Institut nicht mehr gab, fühltest du dich noch immer verpflichtet, ihn zu beobachten. Zwar hattest du das Dorf vergessen, aber dein ursprünglicher Auftrag - ihn im Auge zu behalten - wirkte nach wie vor in dir. Und da er ganz offensichtlich und vor deiner Nase weggeführt wurde, blieb dir nichts anderes übrig, als ihm zu folgen. Das Ganze war gut vorbereitet. In den Monaten zuvor hatten wir dich schon kleine Ausflüge in die Umgebung machen lassen, und damit dein Gefallen an der Wirklichkeit außerhalb des Instituts geweckt. Der Gedanke, uns zu begleiten, löste in dir eine ähnliche Freude aus, wie die Aussicht auf ein Picknick am Bach."

Die junge Frau blickte von Leon zu Bastóc, erinnerte sich im selben Moment an alles und begann lang und hell zu lachen. Bastóc lachte auch, denn er war erleichtert von ihrer Rückkehr.

Und wenn sie sich später noch manchmal bei dem Gedanken ertappte, sie sei eine Ärztin, lachte sie und schallte sich eine Närrin.

Viele Abende nach dem Fest sagte Maia zu Bastóc: „Eine Erinnerung ist eine Erinnerung. Früher mag sie eine Wirklichkeit gewesen sein. Doch die ist jetzt - nicht mehr."

Sie waren glücklich.

Ameisenbau

Die Ameisen in meinem Kopf sind undiszipliniert. Sie haben ihre Struktur im Stammesverband, die ehemals das Überleben aller sicherte, aufgegeben. Das führt dazu, dass die Schwächeren und weniger Einfallsreichen nun verkümmern. Sie verfaulen in den Ecken meines Hirns und dienen als Dünger. So manch ein seltsames Kraut wuchs aus ihnen hervor und betäubt mich mit Gerüchen oder Nesselbeuteln. Ich suche diesen Schmerz in den Synapsen, er tut mir wohl und macht mich unnachgiebig. Die überlebenden Ameisen sind nicht alle derselben Art.

Die gemeine Straßen- oder Stadtameise ist noch am seltensten vertreten. Trotz ihrer niedrigen Zahl sind sie nützlich, da auch die Einzelne es nicht sein lassen kann aufzuräumen. So entsteht ein Minimum an Ordnung, auch wenn die eine bisweilen dort etwas wegräumt, wo die andere gerade einen wohlabgestützten Stapel aufgeschichtet hat.

Die größere, rote Waldameise verachtet die Straßenameise wegen ihrer erblich bedingten Pedanterie. Sie lebt lieber in den Tag hinein. Nicht selten fressen sie sich gegenseitig. Aus ihnen gewinne ich viele Informationen. Die Schwierigkeit besteht nur darin, eine zu extrahieren. Dies ist nötig, da sie sich andernfalls ohne Zweifel widersprechen würden. Deswegen betäube ich sie manchmal alle, sammle eine heraus, führe ihr reinen Sauerstoff zu und beobachte ihr Aufwachen. Um etwas zu erfahren, brauche ich dann nur noch ihre Bewegungen nachzuziehen.

Von ähnlicher Größe ist die mediterrane Dickkopfameise. Ihr mächtiger, schwarzer Kopf scheint den ganzen Leib auszumachen. Wenn sie mir ihr ätzendes Gift in die Hirnwindungen injiziert, werde ich schier wahnsinnig von einem nicht zu befriedigenden Verlangen. Tagelang gebe ich mich dann Ausschweifungen hin, die meinen Körper an den Rand des Ruins treiben, meinem Geist aber wohltun. Dadurch lernte ich jene Grenzen kennen, die ich nicht zu überschreiten wünsche.

Unlängst sah ich auf einer Wiese eine große, kräftige Ameisenart mit Flügeln. Ich fing drei Exemplare ein, beobachtete sie stundenlang im Glas und sann auf eine Möglichkeit, sie im Gehirn anzusiedeln.

Den verstorbenen ägyptischen Pharaonen zog man das Gehirn mit langen, spitzen Haken aus der Nase. Ich entschloss mich, den umgekehrten Weg zu probieren: mit Hilfe eines Wattestäbchens bestrich ich das Innere meiner Nasenlöcher mit feinem Sirup bis hoch ins Hirn. Dann setzte ich die Flugameisen zwischen Mund und Nase und ließ sie diese Spur verfolgen. Sobald sie im Schädel waren, reinigte ich die Nase und verstopfte sie neun Wochen lang mit handgeschnitzten Pfriemen. So waren sie gezwungen, sich im Inneren einzurichten.

Doch nun scheint das ganze Gleichgewicht gestört. Ich kann sie nicht beobachten, ihr Fliegen, Flattern ist viel zu schnell, und sie lassen sich auch nicht betäuben. Schlaf ist nur noch selten möglich, mein Denken wird mir unverständlich. Die Straßenameisen werden anscheinend von ihnen gefressen, von den Waldameisen überleben nur wenige, die dann allerdings voll von neuen Raffinessen sind. Einzig die Dickkopfameise scheint der neue Gast nicht zu stören, angeblich sollen sie sich sogar kreuzen.

Von den Hirngespinsten der Schlaflosigkeit zusätzlich beunruhigt, erwarte ich nun mit einer Mischung aus libidöser Vorfreude und tiefster Sorge die neue Rasse.

Drosophila (Telegramm vom Glück)

zitrone. gelbrunzlig abgestoßen braun. drosophila. ein-
tagsfliege zwei um die frucht. holztisch roh gezimmert.
bretter vom gewicht der zeit durchgebogen. raue oberfläche saugt den saft der zitrone. niemand betritt den
raum. die zitrone fault. obstschimmel. hoher wände
kacheln blau verziert. regal mit büchsen. blechdosen
bunte deckel. verblichen. geräumige küche. obst verwesung. die küche altert. die luft altert. drosophila legt
eier. zwei millionen. ein paar dutzend überleben. leben
vom zitronenfaul. feuchter staub an der sonnenscheibe.
einfach verglastes fenster.
einen anderen tag: zitrone gegen den himmel geschleudert.
himmelblau mit gelb. glück. aufgefangen. zitrone in die
tasche. später auf den tisch.

Wechselhaftes Wetter

Im Blau des Himmels hängen graue Wolken lückenlos, so ist es finster, auch fällt ein Regen. Ohne Tageszeit ist fast kein Licht in der Stadt, stattdessen Kälte. Darüber ist eine Brücke aus Stein gespannt, darunter fließt ein Fluss, auf der Brücke gehen Menschen. Ihre Absichten sind vielfältig, im Moment tragen alle Regenschirme. Einen bricht der Wind, aber ehrlich gesagt war die Frau schon vorher nass, und ihre Wut ist nicht nur durch das Wehen. Ihre Einkaufstüten sind doppelt schwer von der ungeschickten Verdrossenheit ihres Tragens. Ihr Ärger steht ihr nicht, darum schaue ich weg, hoch zum Himmel, da sind jetzt schon ein paar Wolken weggenommen.

Wenig später ist alles wieder blau, die Menschen haben ihre dunklen Regenüberwürfe abgetan und gehen in heller Kleidung fröhlich plaudernd und heiter gestiklierend unter den verspielten Rotationen ihrer leichten, bunten Sonnenschirmchen durch die Straßen der Stadt. Die Frau hat ihren Einkauf kurz abgestellt, um sich die nassen Haare aus dem Gesicht zu streichen. Dann setzt sie ihren Weg fort, balanciert ihre Beutel mit Anmut über die Brücke und wird von drei lachenden Kindern umringt, die angelockt sind von ihrer strahlenden Frische, den schönen Augen oder den Süßigkeiten in ihren Taschen.

Teerose und Brombeer

Hinter einer Dornenhecke aus schlechter Erfahrung, guter Erziehung, Erwartung anderer, übler Nachrede und in der Hitze des Augenblicks leichtfertig gegebener Versprechungen liegt eine schöne, junge Frau in einem tiefen Schlaf. Sie träumt von einem Tag, an dem das Licht der Sonne die hohe, finstere Hecke durchdringt, sie erwacht, die Fenster aufstößt, Vögel singen hört, einen tiefen Atemzug reiner Luft nimmt, die Treppe herunter eilt und in das Freie des Gartens läuft, der dann von keiner Dornenhecke mehr begrenzt ist. Von diesem Traum ist ein leichtes Lächeln auf ihrem Mund, das niemand sieht in der von Neid und Vorschriften vergifteten Finsternis ihres Gemaches.

An einer anderen Stelle der Stadt trägt ein Mann in seiner Tasche blank polierte Prismen, Werke der Farbenlehre und verschiedene, kleinere Dinge, deren Sinn sich dem Laien entzieht. Er ist Farbbeschreiber, nicht selten werden seine Dienste in Anspruch genommen. Ihm dient diese Arbeit zur Übung. So bereitet er sich vor, im richtigen Moment am richtigen Ort all das in Farben verstreute Licht der Sonne in ein Weiß gebündelt derart zu reflektieren, dass der Strahl die Dornenhecke durchdringt und in das Gesicht der Schlafenden fällt, wovon sie erwacht und das Fenster aufstößt.

Aus den mickrigen Resten der Dornenhecke kultivieren sie später gemeinsam Teerosenbüsche und Brombeersträucher.

Prachuap Khiri Khan

Mein Affe wollte nicht schlafen. Die Nacht war sternen-
klar. Er saß an der Felskante, kehrte mir den Rücken zu
und sah hinab auf das Meer. Vergeblich versuchte ich
einzuschlafen. Der steinige Boden war ein unbequemes
Lager, und das ungewohnte Verhalten meines Affen
beunruhigte mich. Schließlich stand ich auf und setzte
mich neben ihn, konnte aber nichts Außergewöhnliches
in der Dunkelheit entdecken. Sechs Meter unter uns
rollte das Meer in einer sanften Brandung über die Klip-
pen, hinter uns erhob sich eine über dreißig Meter hohe
Felswand. Das nächste Dorf war mehr als drei Kilome-
ter entfernt. Den Weg auf diesen Felsvorsprung hätte
ich allein nicht gefunden, und schon gar nicht wäre ich
auf die Idee gekommen, hier zu übernachten. Doch der
Affe hatte darauf bestanden. Da mir die Kargheit des
Platzes im späten Tageslicht schön erschienen war, hatte
ich nachgegeben. Nun fragte ich mich, ob das nicht
leichtsinnig gewesen war. Vielleicht gab es Tiere in der
Dunkelheit, die uns gefährlich werden konnten, möglicherweise konnte der Affe nicht schlafen, weil er den Geruch eines entfernten Leoparden witterte oder die
Anwesenheit einer Kobra ahnte.

Er unterbrach meine Überlegungen, stand auf und forderte mich auf, ihm zu folgen. Ich sträubte mich. Mein
Körper war müde, meine Decke und unser kleines Gepäck wollte ich weder hier zurücklassen noch zusam-
menpacken, und eine Kletterpartie im Dunkeln schien

mir wenig erfreulich zu sein. Der Affe aber ließ es sich nicht ausreden und begann, sich zu entfernen. Da ich nicht allein zurückbleiben wollte und schon früher gelernt hatte, dass der Affe Gründe hatte, wenn er sich so verhielt, folgte ich ihm.

Zu meiner Überraschung mussten wir nicht klettern. Ein schmaler, etwa vierzig Zentimeter breiter Pfad, den ich im Tageslicht nicht gesehen hatte, zwängte sich durch die unübersichtliche Unebenheit der Felswand, führte langsam hinab, wurde vorübergehend zu einem Gang, der an einer Stelle so niedrig war, dass ich ihn nur kriechend passieren konnte - und führte wieder ins Freie, auf einen weiteren flachen Felsvorsprung, der nur knapp über dem Meeresspiegel lag. Kühle Gischt von einer kleinen Welle legte sich auf meine Haut. Der Affe blieb einen Moment stehen, drehte sich um und musterte mich, als wolle er prüfen, ob ich für den weiteren Weg bereit sei. Bevor ich etwas einwenden konnte, eröffnete er mir ein dunkles Loch in der Felswand als Höhle, die sich tiefer und tiefer in das Gestein schlängelte, und der wir folgten. Er hatte mich an die Hand genommen, denn bei der vollkommenen Dunkelheit, die uns hier umgab, konnte ich nichts sehen. Behutsam wie einen Blinden führte er mich in die Erde. Und auch wenn ich mir kein Bild von unserer Umgebung machen konnte, sorgte er dafür, dass ich nirgendwo anstieß und nicht stolperte. Nach meiner Schätzung mussten wir längst unterhalb des Meeresspiegels sein, als ich unter meinen Füßen Stufen spürte. Hier führte eine Treppe hinab. Offensichtlich war dieser Weg von Menschen geschaffen worden. Ich überlegte, ob dies ein alter Schmugglerpfad sein könnte, und stellte mir vor, dass wir bald in der Nähe des Dorfes wieder hervorkommen würden. Doch ich hatte mich getäuscht. Eine Tür, die ich erst sah, als der Affe sie öffnete, führte in ein unterirdisches Zimmer. Der Raum wurde von einer Kerze erleuchtet, die auf einem Holztisch stand. Auf beiden Seiten des Tisches stand ein Stuhl. Der Affe ließ mich auf einen setzen. An der anderen Seite des steinernen Raumes war eine zweite Tür. Sie öffnete sich, und der Teufel trat ein. Wie ich wurde er von einem Affen geführt. Er setzte sich mir gegenüber an den Tisch. Wir begannen eine Unterhaltung, der ich nur unkonzentriert folgen konnte, denn mich beunruhigte, wie gut unsere Affen sich verstanden, und wie ähnlich sie sich sahen. Während wir sprachen, balgten sie vergnügt miteinander, und bald war ich mir nicht mehr sicher, welcher der beiden meiner war. Der Gedanke, sie könnten sich vertauschen, bereitete mir zunehmend Sorge.

Als unser Gespräch beendet war, stand mein Gegenüber auf und verließ den Raum auf dem Weg, den er gekommen war, begleitet von einem Affen.

Der andere Affe führte mich zurück zu dem Lagerplatz auf dem Felsvorsprung, wo ich das Gepäck zurückgelassen hatte, und legte sich augenblicklich schlafen. Merkwürdig benommen schlief auch ich kurz danach ein und wachte erst spät am nächsten Vormittag auf, als die Sonne schon hoch am Himmel stand.

Der Affe saß im Schatten eines Felsens, kratzte sich sein

Fell und tat, als könne er sich an nichts Außergewöhnliches erinnern.

Wir verbrachten nur diese eine Nacht auf dem ungemütlichen Lagerplatz in den Felsen mit dem schönen Ausblick, doch noch heute und aus weiter Ferne frage ich mich manchmal, ob es wirklich mein Affe ist, mit dem ich mir seither das Essen teile. Wenn ich ihn dann beobachte und darüber nachdenke, erwidert er meinen Blick mit einem sanften Ausdruck.

Der Lügen Tempel

„Im Anfang war das Wort, ..."
(Johannesevangelium, 1,1)

„Hinter Raum und Zeit beginnt die Bedeutung", dachte Paul, oder vielmehr: er hatte sich das so als einen Satz ausgedacht. Paul mochte seinen erdachten Satz, dem hing so etwas Bedeutungsschweres an.

Paul konnte nicht hinter Raum und Zeit denken, aber er konnte die Worte so zusammenfügen als ob. Pauls Standpunkt dazu war: „Ein gut gemachtes 'als ob' ist auch nicht schlechter als ein 'tatsächlich'."

Ich stimme Paul nicht zu. Ich weiß nicht, was Raum und Zeit ist, ich kenne kein 'dahinter'. Aber ich erinnere: „Die Lüge schuf sich die Sprache als ihren Tempel."

Von Zahnrädern

Es gibt Zahnräder, die verbiegen unter der Leistung, brechen und fallen kaputt aus der Maschinerie auf den Boden. Dort zerrosten sie allmählich und unbeachtet.

Es gibt Zahnräder, die lösen sich in einer plötzlichen Spannung, springen aus der Verankerung und schießen als gefährliches Geschoss durch den Raum. Meistens zerbersten sie sinnentleert an den festen Wänden.

Und es gibt Zahnräder, die fügen sich der schicksalhaften Maschinerie und bleiben Zahnrad und immer an ihrem vorherbestimmten Platz.

Planetengesang

Planeten weinen rhythmisch. Oder ist es Singen?

Wie ist den alten Göttern, die lange schon als Uhrwerk kreisen? Es ist kalt, so sind sie schon ganz Stein, drum herum ein Nichts und ein Dunkel.

Spielt das für Götter eine Rolle? Wen interessiert sein Sein, wenn er das Schicksal macht in immer und währenden Ellipsen. Kreist der Gott nicht auch? Und hat ihn jemals oder jemand darum klagen hören?

Ist es Weinen oder Singen? Wahr ist: beides nicht, denn könnte ich es verstehen?

du kamst zu mir

*Mit einem Mal ist das Leben leicht, so leicht,
dass Leben nicht mehr das richtige Wort ist.*

Du bist an jenem Morgen früh aufgestanden, entgegen
deiner Gewohnheit. Das schmerzliche Glücksgefühl war
in den letzten Tagen häufiger geworden, eine Liebe zum
Leben, die du früher nicht für möglich gehalten hättest.
Doch diese Liebe war ein ängstliches Festhalten, sie
nährte sich von der Verzweiflung, das Nichts war die
verschwommene Drohung im Hintergrund. Beim Aufwachen hättest du heulen können; und dann raus, das
Leben ausfüllen, ausschöpfen, tiefe Atemzüge auf der
Straße. An diesem Tag war der Himmel von einer Bläue,
die dir nie wirklicher erschien, du konntest dich nicht
satt sehen. Das Glück ließ dich laufen, erhitzt und mit
einem unwahrscheinlichen Lachen angefüllt brachst du
in den Park ein; klares Wasser perlte aus deinen Achseln,
lief an deinem Leib hinab und kitzelte dich am Bauch.
Womöglich hast du dir unter das Hemd gegriffen, das
Feuchte verrieben, vielleicht daran gerochen. Alles in dir
rief: „Ich lebe, ich lebe!"
Als Isabel noch manchmal kam, waren die Tage einfacher,
sie liefen an dir vorbei und ließen dich in Frieden.
Du drücktest deinen Rücken in den Rasen, er kühlte,
während die Sonne eine Wärme hinter deinen Augen
schuf. Zwei, drei Atemzüge, tief, lustvoll. Bewusst at-
mestest du tiefer, langsamer, weniger tief, setztest dich
auf, lächeltest, warst jetzt ruhiger, hattest das Glück in

dir geborgen, im Moment noch sicher. Einige Minuten konntest du nun gehen, unverletzlich, froh, entspannt. Vielleicht waren diese Phasen die schönsten in jenen Tagen.

„All dies wird ein Ende haben", dachtest du noch ohne Bitterkeit. Doch schon ahntest du die lauernde Verzweiflung, entwarfst Rettungspläne, versuchtest die Illusion aufzubauen, all dies sei ein Traum, andere würden folgen, ewig. Doch das Gespinst gewann keine Form, noch unvollkommen zerfiel es wieder, zu deutlich war dir dieser Tag. „Dies ist mein Leben", wusstest du. Das Unwohlsein näherte sich schon bedrohlich; vielleicht Kinder, in ihnen fortleben, ein Gott, Leben nach dem Tod. Nein, dies hatte nie geholfen, und du musst zugeben, dass du das wusstest. Wenn kein Trost, dann Ablenkung, auch dies wäre jetzt ein Trost. Du nahmst das Buch, welches auch das meine ist, und setztest dich. Es war zuviel Leben in diesem Park, drängte sich auf, war unumgänglich. Gehe weg von hier! Du bist nach Hause gegangen, immer schneller. Es war da schon dieses Reißen im Magen, nicht schmerzhaft, aber es kam meist zusammen mit den Tränen der Verzweiflung, die auch ein Zorn war und ohnmächtig.

Es war richtig von dir, die Vorhänge beiseite zu ziehen und die Fenster zu öffnen. In deinem Zimmer war nicht viel außer dem Licht, die Wirklichkeit wusstest du hier auf ein Minimum zu beschränken. Möglich, dass dies keine Absicht war, aber es entspannte dich, die Verzweiflung zog sich zurück, nimm das Buch!

Die Sätze reihten sich zu einem Ganzen, nichts lenkte dich mehr ab, sie flossen immer schneller an dir vorbei, machten dich schwindelig, schon taumeltest du, der Strom ließ alles vor deinen Augen verschwimmen, gib deinen Widerstand auf, wozu noch? Du wanktest, noch nicht losgerissen, und nicht mehr fest verankert; du ahntest die Kühle, belebende Frische und lässt dich plötzlich nach vorn fallen, tauchst ein in den Strom. Er trägt dich, umschmeichelt dich, weiter und weiter, bis du nun bei mir bist, beinah sind wir schon eins, und ich weiß, dass du nie wieder gehen wirst.

Linien

Als Rudolph Stockhusen im hohen Alter nach mehreren Wochen Bettlägerigkeit merkte, dass die Zeit zum Sterben gekommen war, bat er seine Frau, die Familie herbeizuholen. Damit meinte er seine beiden Töchter, die längst erwachsenen Enkel und seine jüngste Enkelin Henrike, die noch keine sieben Jahre alt war.

Als sie um sein Bett versammelt waren, dankte er ihnen, erklärte, welche Freude sie ihm im Leben bereitet hätten, versicherte, dass er gegen niemand von ihnen einen Groll hege, gab jedem scherzhaft einen kleinen Ratschlag und verabschiedete sich mit guten Wünschen von ihnen. Dann starb er. Eine gute Stunde später verließ die Familie den Raum.

Während der Trauerzeit schlich sich die jüngste Enkeltochter zurück in das Totenzimmer. Weil ihm der Name Henrike für seine Enkelin zu umständlich erschien, hatte Opa Rudolph sie immer Mäuschen genannt. „Gut, dass du noch einmal kommst, Mäuschen, ich habe noch etwas mit dir unter vier Augen zu besprechen. Natürlich nur, wenn du das auch möchtest", empfing Rudolph mit sanftem Ton die kleine Henrike.

„Ja, gern", sagte die Unbekümmerte, setzte sich auf die Bettkante und fragte: „Was ist denn?"

„Mäuschen, ich möchte dir etwas erzählen, und weil du die Einzige in der Familie bist, die es verstehen kann, erzähle ich es nur dir. Es ist ein Geheimnis."

„Darf ich es denn niemandem weitersagen?", rief Henrike

erschrocken aus, denn sie wusste, wie schwer es war, ein Geheimnis zu bewahren.

Rudolph Stockhusen lachte: „Aber natürlich darfst du es weitersagen. Nur versuche einfach, es solange wie möglich für dich zu behalten. Und wenn du es dann doch irgendwann jemandem erzählst, ist es nicht schlimm, sie werden dich nicht verstehen, dir nicht glauben oder denken, du hast es dir ausgedacht, denn du bist ein Kind, und sie nehmen dich nicht ernst. Vielleicht vergisst du es auch bald wieder, aber das macht nichts, wichtig ist nur, dass du es einmal gehört hast. Davon abgesehen habe ich selbst von dem Geheimnis schon wieder viel vergessen oder erinnere mich nicht ganz genau. Aber das, was ich noch weiß, will ich dir erzählen.“

„Sprich, ich bin so neugierig“, drängelte Henrike. Doch das war nicht nötig, den Rudolph war in diesem Moment unter Mühen zu den Toten noch nicht vollständig gegangen, allein um diese Worte zu sprechen, und so klang seine Stimme konzentriert: „Das Geheimnis ist: Es gibt in dieser Welt Engelslinien, und es gibt Teufelslinien.“

Das Mädchen sah den Verstorbenen mit staunenden Augen an und fragte: „Was sind das für Linien? Wo sind diese Linien?“

„Diese Linien laufen kreuz und quer über die ganze Welt, es sind die Wege, auf denen sich die Menschen bewegen. Es ist zwar möglich, diese Linien zu sehen, aber für die meisten Menschen bleiben sie immer unsichtbar. Ich habe sie entdeckt, als ich ein junger Mann war und dem Tod schon einmal nahe stand. Menschen, die sich auf den Engelslinien fortbewegen, sind selbst fast Engel, sie sind von einem goldenen Glanz umgeben. Menschen, die sich auf den Teufelslinien bewegen, sind Dämonen, um sie ist schwarzer Schatten und manchmal etwas Rot." Henrike war verwundert: „Bewegen sich alle Menschen auf diesen Linien?"

„Ja, alle, ohne Ausnahme. Aber sie bewegen sich nicht immer auf denselben Linien. Wer eben noch ein Engel war, kann im nächsten Moment ein Teufel sein und umgekehrt. Oft laufen diese Linien sehr dicht nebeneinander, und ein kleiner Schritt zu der einen oder der anderen Seite kann aus dem Engel einen Teufel machen. Wenn die Menschen vom Guten zum Bösen wechseln, merken sie es meist gar nicht oder erst sehr viel später. Der umgekehrte Wechsel ist schwieriger, und sie bemerken ihn sofort." Dann sah Opa Rudolph seine Enkelin wohlwollend an und sagte: „Jetzt laufe zu den anderen und sage ihnen, dass ich im Tode glücklich bin!"

„Aber du bist doch noch gar nicht tot!", rief die kleine Henrike.

Der Großvater antwortete lächelnd: „Da irrst du dich, Mäuschen. Alles, was ich dir erzählt habe, habe ich dir als Toter erzählt. Zwar können Tote den Mund nicht bewegen beim Sprechen, aber weil du sehr aufmerksam bist, hast du es trotzdem verstanden. Und weil du mich so gut verstanden hast, will ich dir noch etwas sagen, als Orientierung: Wer immer versucht, alles richtig zu machen, bewegt sich auf einer Teufelslinie." Rudolph Stockhusen verstummte, verlieh den Worten damit Nachhall und sagte dann: „Und nun gehe zu den anderen!"

„Warte, eine Frage habe ich noch!", rief Henrike. Was ist der Unterschied zwischen dem Leben und dem Tod?"

Opa Rudolph lächelte: „Ich atme nicht mehr. Das ist der Unterschied, der ganze Unterschied. Oder sagen wir, es ist der wesentliche Unterschied. Das Nicht-Mehr-Atmen macht aus dem Lebenden einen Toten. Der Tote hat keinen Körper mehr, und das ist eine Erleichterung. Nun sind uneingeschränkte Bewegungen möglich, wie du es vielleicht aus Träumen kennst."

Henrike kannte das aus ihren Träumen und konnte es sich gut vorstellen. Aber ihre Neugierde war noch nicht befriedigt: „Und wo bewegst du dich jetzt hin?"

Ohne dass sein Körper sich bewegte, wiegte Rudolph Stockhusen nachdenklich den Kopf, dann sprach er zu Henrike wie zu einer Erwachsenen: „Ich werde in einiger Zeit zu einem neuen Leben kommen, einen neuen Körper betreten, der mich erneut begrenzt. Und wieder werde ich versuchen, trotz dieser Begrenzung die richtige Haltung zu finden. Denn dafür leben wir, um die richtige Haltung zu finden, selbst unter den widrigen Bedingungen von Körper und Schwerkraft. Wenn uns das gelingt, brauchen wir nicht mehr in einen Körper zurückzukehren. Leben und Tod sind zwei Phasen, die sich abwechseln, es sind zwei unterschiedliche Zustände des Seins."

Die kleine Henrike hatte nicht alles verstanden, darum fragte sie eilig weiter, bevor die Gelegenheit dafür verging: „Warum ist das so?"

Rudolph lachte: „Es tut mir leid, ich weiß es nicht. Tote

wissen vieles, aber sie wissen nicht alles."

Weil er sich nicht so von seiner Enkelin verabschieden wollte, dachte er kurz nach und sagte dann: „Es gab einmal ein unermesslich großes Feuer. In jedes Lebewesen, das entstand, wurde eine kleine Flamme oder ein Funken des Feuers getan. Irgendwann war das Feuer schließlich in unzählige winzige Flammen aufgeteilt und über die ganze Welt und noch viel weiter verstreut. Das Feuer will aber wieder zusammen kommen. Aber das ist nicht so einfach, denn so sehr die Lebenden sich nach Vereinigung sehnen und so eng sie die Körper der anderen auch umschlingen, ihre Flammen vereinigen können sie nicht. Erst wenn sie die richtige Haltung in ihrem Leben, in ihrem Körper gefunden haben, wird ihre kleine Flamme wieder befreit und mit den anderen befreiten kleinen Flammen zusammen getan. So ist das Feuer inzwischen schon wieder recht groß geworden, und es wächst weiter, denn immer wieder kommt eine andere kleine Flamme neu dazu. Irgendwann werden sich all die kleinen Flammen wieder gefunden haben und zu einem einzigen großen Feuer vereint sein."

Henrikes Blick ging nachdenklich ins Leere. „Mäuschen!", riss sie der Großvater aus den Träumereien. „Nun lauf zu den anderen!" Mit einem Satz sprang Henrike auf: „Ist gut!", lief hinaus, rief ihm noch über die Schulter zu: „Danke für die Geschichte!", und war schon bei der Familie im Garten und verkündete strahlend: „Opa ist glücklich!"

Gesang am Abend

Gedanken wehen durch Straßen, schmutzig zerknitterte Seiten reißerischer Tageszeitungen. Blaugrün das Licht der Straßenlaternen im abendlichen Regen. Geschrei geopferter Kinder steigt zwischen den Fugen der Gehwegplatten auf. Gerade von den Gehwegplatten, die ich in all den Jahren des gesenkten Blickes so gut kennengelernt habe. Die Schaufenster sind erloschen und zerworfen. Durch die Auslagen kriecht Moos, Schimmel und Käferstaub. Defekte Trafogeräte in den Kellern der Häuser tragen unmelodisch hohe Töne in die Nacht. Eine alte Frau putzt nicht mehr die Belege von ihrem Gebiss. Eine hohe, von Unrat verstopfte Regenrinne ergießt verschmutztes Wasser vor all meine Füße. Männer mit ansteckenden Wunden schlafen in den Straßen. Ein Betrunkener erbricht sich, keine Hose, die noch sauber wäre. An jeder Ecke lauert die Lüge. Unrasierter Mundgeruch nässt grindige Geschlechterlippen. Bucklige wachsen in den Leibern. In dem seltenen Moment zerreißt die Wolkendecke und gibt keinen Blick auf einen Mond nur frei. Die Sterne sind in klammer Feuchtigkeit erloschen. Der Zeitenlauf zuckt in Koliken eines innerkranken Darmes. Verbranntes Fleisch hängt in Fetzen über ungereinigten Öfen. Hausböcke unterhöhlen das Dachgestühl. Zum Hafen führt der Weg, als wenn ein Schiff je von hier führe. Kähne liegen als verrenkte Hüften im Hafenbecken. Ein Junge singt und stirbt. Die ehemals glänzende Wahrheit steckt im Grundschlamm verborgen, der Sonne verloren.

Gesang am nächsten Abend

Gedanken wehen durch Straßen, Flügel bunt bemalter Schmetterlinge. Das gelbe Licht der Straßenlaternen erhellt die warme Nacht zu einer Gartenterasse. Leidenschaften vieler Generationen steigen zwischen den Fugen der Gehwegplatten auf. Die Gehwegplatten, die immer noch Steine sind, die ich in Jahren über Jahren mit nimmermüdem Interesse studiert habe. Die Schaufenster sind erloschen und geheimnisvoll. Selbst verborgenste Wünsche könnten in den Auslagen sein. Grillenzirpen verleiht der Nacht den Rhythmus einer Wiese. Eine alte Frau bewahrt im Herzen ihre Kindheit. Eine hohe Regenrinne träumt davon, ein Flussbett zu sein. Menschen mit gelassenen Augen reden fröhlich in den Straßen. Ein selig Betrunkener tanzt dazu. Weite Hosen bequemer Art umschmeicheln die Beine. An jeder Ecke fröhliche Scherze. Ein von Worten unschuldiger Mund liebkost ein Geschlecht. Gefühle wachsen in den Leibern. Über allem steht milde der Mond. Die Weite des Himmels verliert sich im Glanz der Sterne. Der Zeitenlauf hat sich den Sprüngen lachender Herzen angepasst. Leuchtkäfer drehen Pirouetten über dem Weg, der zum Wasser führt. Vom Hafenbecken steigt das Glucksen sanft schaukelnder Segelschiffe, die schlafen. Ein Junge spaziert mit einem Mädchen. Ihnen voraus hat die Zukunft einen Weg bereitet.

Der Eindringling

Ich bin in einem Haus, es ist dunkel. Es gibt Türen und Räume, verschiedene, nicht wenige, und in jedem Raum einen Lichtschalter. Nur kann ich die Lichtschalter nicht finden, und aus einem Grund, ich weiß nicht welchem, bin ich sicher, wenn ich einen Schalter finden würde, funktionierte er nicht.

Ich bin in einem Haus, das ich kenne, es ist mir vertraut, und doch: ich bin nicht sicher, fühle mich unsicher, gleichwie ein unsagbares Unheil bevorsteht. Die Angst wächst in der Dunkelheit, das ist natürlich für Menschen, darum erfanden sie sich das Feuer. In diesem Haus ist kein Feuer und kein Licht. Im Dunkeln könnte dieses Haus, der Raum, die Gänge, wo immer ich stehe, jedes Haus sein, und ich empfinde mit einem Mal dieses Haus als ein anderes Haus, in dem ich einmal oder öfter früher war - und auch da war die Angst und die Dunkelheit.

Mit jedem Augenblick in der Dunkelheit wird die Angst unerträglicher, dringt tiefer in mich und ist schon überall. Ich denke: Noch eine kurze Zeit und ich sterbe allein von der Angst. Es klopft.

Ich habe nicht gewusst, dass noch mehr Angst sein kann. Es klopft gegen eine Tür wie mit einem Vorschlaghammer gegen mein Herz. Es ist die Dunkelheit, und trotzdem erkenne ich an dem Klopfen eine Tür und immer deutlicher, denn das Klopfen wird stärker, gewaltiger, wovon die Tür sich biegt und zittert. Mit einem Mal weiß ich: dieses Klopfen kommt aus keinem Raum, es ist die Eingangstür, die erbebt, es ist von außen, jemand will eindringen, und ich spüre: die Tür könnte jeden Moment nachgeben. Ich wünsche, nicht mehr zu sein, doch diesen Fluchtweg gibt es nicht. So stehe ich in Dunkelheit und Unerträglichkeit in der Nähe der Tür, hinter der mein Grauen ist. Alles könnte hinter der Tür sein: ein böser, toter, alter Mann, ein Dämon oder schlimmer: etwas Unbenennbares.

Die Tür wird nachgeben. In Dunkelheit und Unerträglichkeit kann ich nicht sein, ich muss sein, die Tür wird bald bersten, vorher verliere ich den Verstand und meine Seele vor Angst. Mir bleibt als einziger Weg: Ich muss es beenden und die Tür öffnen. Mit zitternder Hand, die kaum noch mir gehört, schließe ich den Schlüssel, fühle mich als Wahnsinnige, drücke die Klinke, die Zeit bleibt stehen, ich öffne.

Ein kleiner Mann, mehr ein Männchen steht davor; es sagt, seine Stimme ist sanft: „Ich bringe dir das Licht. Darf ich eintreten?"

Inhalt

Das Buch

Die 29 Kurzprosatexte, Erzählungen und Gedichte kreisen um Schicksal, freien Willen, Liebe und Tod oder auch nur die Beschaffenheit der Wirklichkeit und deuten auf den versöhnlichen Ausgang.

Der Autor

Henrik Woelk wurde am 17. Juli 1968 in Reinbek geboren. 1986 trat er aus der evangelisch-lutherischen Kirche aus, da er das Dreieinigkeits-Dogma nicht glauben mochte und erhebliche Zweifel an den Paulus-Texten des Neuen Testaments hatte. Obwohl sein Hauptinteresse der Literatur galt, entschloss er sich - „um sich auch mal mit anderen Dingen beschäftigt zu haben" - zu einem natur- und kulturwissenschaftlichen Studium in Hamburg (1989-2003). In den letzten dieser Jahre war er der einzige Anthropologie-Student der Universität, und mit seinem Abschluss wurde der Fachbereich endgültig aufgelöst. Seit 1998 ist er Verwaltungsangestellter des Thalia Theaters. Zwischen 2005 und 2013 unternahm er 9 Reisen nach Südostasien mit besonderem Augenmerk auf das Nebeneinander von Theravada-Buddhismus und Animismus.

2002, *Dem Meister des Maßes*, Erzählungen, Kurzprosa. 2003, *Die Symmetrie der Sphären*, Kurzprosa, Gedichte. 2004, *Das Lächeln des Lichts*, Erzählungen, Kurzprosa, Gedichte. 2006, *Die Form des Feuers*, Erzählungen, Kurzprosa. 2007, *Die Thalia in der Gaussstrasse*, Fotografien, Kurzprosa. 2009, *Banyan-Baum*, Roman. 2011, *Das Lichterfest der Lotusstadt*, Erzählungen. 2013, *Das Zirpen der Zikaden*, Roman.